バイト・クラブ

小路幸也

Part-time Job Club

Yukiya Shoji

中央公論新社

バイト・クラブ

菅田《すがた》三四郎《さんしろう》　私立蘭貫《らんかん》学院高校一年生
〈三公《さんこう》バッティングセンター〉アルバイト

たぶんほとんどの子供が、違う人もいるんだろうけど、自分の周りは平和だって思ってるはずだ。

そんなことを普段から考えるような子供はあんまりいないだろうけど、とにかく波乱万丈なんかじゃなくて平和な毎日を送っているはず。もちろんそうじゃない子供もいるんだろうけど、大体はそうだったと思う。

でも、そんなことないんだ。

平和なんてこんな簡単に消えちゃうものなんだ、って思ったのが、中三になる前の春に起こったあの事件。

僕らが住む埼玉のすぐ隣りの、東京の地下鉄のサリンの、オウムの事件だ。

部活のマネージャーの親戚が、いとこの女の人があの事件に巻き込まれていたことを聞いた。すごく、ショックを受けていた。どうしてそんなことに巻き込まれてしまったんだろうって。

とんでもない事件が起きた、って周りの大人たちが皆本当に、なんだろう、焦っていたっていうか驚いていたっていうか、今までの自分たちが思っていたものがガラガラガラッ！　て崩れ落ちたみたいな感じ。

そんなふうになっていた。

親も、先生たちも、周りの人が皆。

僕も、僕たちも、まだ十五歳で中学三年生になったばかりの子供であるはずの僕らも、そんなふうに感じていた。

変わりのない平和な日常なんて、こんなふうにあっという間に崩れて消えてしまうものなのかって。そもそも平和という言葉を自分で意識して使ったことなんか、それが初めてだったかもしれないなって思う。

でも、そのあっという間に崩れた感じと同じように、普段の日常もあっという間に戻ってきていた。

巻き込まれた人たちじゃない限り、大人たちには毎日の仕事がある。僕たちには学校があって授業も部活もある。ショックを受けようとも不安な気持ちが襲い続けていても、そのまま生活は続いていくんだから。仕事はしなきゃならないし、学校に通わなきゃならない。そもそも、関係のない僕たちは本当に関係ないんだから。

中学三年生。

僕は受験生になっていた。県でも一、二を争う難関校である私立の蘭貫《らんかん》学院を目指していた。

それは最初は僕の意志じゃなくて、親や先生から言われたものだ。

とりあえず勉強はできた方なので、それこそ学年でも一、二を争っていて、このまま一生懸命受験勉強を頑張ればなんとかなるだろうって感じだった。

勉強は嫌いじゃなかった。むしろ好きな方だった。

知らないことを、いろんな知識を習って自分のものにするのは楽しかったし、やればやるほど自分の中に染みついて、身に付いていくのは嬉しかった。しかも文系も理数系もわりかしオールマイティにできたんだ。

自慢じゃないけど、運動も得意だった。

野球が大好きでずっと野球をやっていた。それなりに上手《うま》くて一年生からすぐにレギュラーも取れていたんだけど、中二の夏に突然腰をやってしまった。

ヘルニアだったらしい。まだ全然成長期だったので何とも言えないけれど、このまま野球のような激しい運動を続けていくのはちょっと無理だってお医者さんに言われてしまって、部活を辞めた。

だから余計に勉強をした。

何かになりたいとかいうはっきりした目標があったわけじゃないけど、勉強ができるんだから、それがもっとできる学校へ行った方がいいか、って感じ。そのまま東大にでも進むような道ができれば、それはそれでいいかなって思った。

蘭貫学院は私立だから当然学費はめちゃくちゃ高いんだけど、父さんはお祖父《じい》ちゃんが始めたそんなに大きくはないけど運送会社を経営する社長だったから、それもなんとかなる、っていうか余裕だったはず。

そう言っていた。

あっという間に戻ってきた平和な日常。

そして、がんばったから難関校である蘭貫学院にも合格。

その嬉しいだけの春に、また平和な日常があっという間に崩れ落ちたんだ。

今度は世間的にじゃなくて、まったく個人的に。我が家に。

いや、きっと父さんたちからするとあっという間じゃなくて、はっきりとしたその兆しみたいなものはずっとあったんだろうけど、子供である僕には何も知らされないまま、それはやってきた。

父さんの会社の、倒産。

くだらないギャグにもならないけど、本当のこと。

詳しくは聞かされなかったけど、結局は大手との競争や競合に無理をして負けてしまったらしい。それで、負債を抱えて会社を整理しなきゃならなくなった。

不幸中の幸い、って言うんだろうけど、その負債はとんでもない金額にはならなかったらしい。

会社を整理して全部向こうに持っていかせて、それで後は社長だった父さんや一緒に働いていた母さんが、死ぬまで真面目に働いて少しずつ返していけばなんとかなる程度のもの。会社にいた人たちは別の会社に移ってもらって誰にも迷惑を掛けずに、自分たちが苦労すればそれで終わるようなものになったたって。

全部終わった後に、それを聞かされた。

父さんはどうするのかと思ったら、長距離のトラックドライバーになるって。それで借金を返していく。母さんは、母さんの伯父《おじ》さんがやっている石材店に経理事務として入るって。

え、じゃあ僕はどうしたらいいんだろうって。せっかく合格したけれど私立の学費はすごい高いんだから、公立にでも今から編入とかできるんだろうかって。

でも、それは何とかするって父さんも母さんも言ってるけど、本当に何とかなるんだったら倒産なんかしないだろうし。

でも、せっかく難関校に受かったんだし将来への希望があるんだから、お前はそのまま通ってくれって。お前のためにもなるんだからって。

じゃあ、僕もアルバイトするよって言った。

それで、学費は絶対に無理だろうけど、僕の小遣いや交通費やそういうのの少しでも足しになるだろうから。

そんなことしなくていいって言われたけどさ。

バイトを、しなきゃならない。

〈三公《さんこう》バッティングセンター〉は、家から歩いて十分ぐらいのところにあるバッティングセンター。

僕が生まれる前からあって、父さんも若い頃からたまに来ていて、野球好きになった僕も小学生の頃からよく連れてきてもらっていた。

三峰公範《みつみねきみのり》さんっていうおじいさんがやっていて、三峰公範だから昔から三公ってあだ名で呼ばれていて、それをそのままここの店名にしたんだって言っていた。

他のところに行ったことないからよくわからないけど、ここは本当にバッティングセンターだけ。ロビーに卓球台が二台あるからそれもレンタルでやっているけど、他にはゲーム機も何もない。

ロビーの受付のところにあったアルバイト募集している張り紙を見つけて、すぐに三公さんに訊《き》いたんだ。

高校生でもできますかって。

三公さんは、僕のことを覚えていた。

ここによく来ていたし、第二中学でも野球部だったろうって。

三公さん、とにかく野球が大好きで、プロはもちろん、中学や高校の野球部の試合だってよく観に行ってるんだって。

それで、僕のことも覚えててくれた。

＊

「蘭貫学院に行ったのか！」

三公さんが眼を見開いて、唇《くちびる》を曲げるようにしてちょっと驚いていた。

「そうなんです」

「あそこは、まぁ野球部はあるが甲子園を目指すようなところじゃないだろう。君は、確かショートだったよな」

「そうです」

びっくりした。そこまで知っていたんだ三公さん。

「中々守備センスがあったはずだしバッティングも良かったんだから、それこそ豊萬《ほうまん》高校でもいきゃあ甲子園も夢じゃなかったろうに」

苦笑いしてしまった。豊萬高校は埼玉でも有名な強豪校だ。でも、あそこに行ってもレギュラーが取れるかどうかわかんなかったと思う。

「実は、ヘルニアになっちゃって野球は辞めたんです」

三公さんは今度は顔を顰《しか》めた。そうか、ってすまなそうな顔をした。

「そりゃあ、若いのにな。残念だったな」

残念だった。

最初はただ腰を痛めただけかなって思ったんだけど、手の指とか痺《しび》れていたりして。先生に言われて、ちゃんと検査したら、そうだった。

「でも、普通の動きは、普段の生活は大丈夫です。よっぽど重いものを持つとか激しく動くとか、そんなことしない限りは」

「まぁ、うちの仕事にそれはないな」

ここの仕事は受付と、やり方を知らない初めての人へのマシンの説明。あとは、ネットから抜けたボールの回収とかボールやバットの掃除。その辺は得意だ。得意っていうか、やりたい。野球の道具に触っているだけでもいい。

センターの営業時間は午前十時から午後十時まで。

「高校生だったら、確か九時か十時までしかできないはずだからな。まぁどっちみち最後のマシンのお金の回収は俺がやるから問題ない」

でも、そもそもなんで蘭貫学院に入った子がバイトなんかしたいんだって言う。それは絶対に訊かれると思っていたから、素直に答えた。

父親の仕事が大変なことになってしまって、少しでも自分が使うようなお金はバイトで稼ぎたいんだって。

三公さん、眼を細めて顔を顰めた。

「お父さんあれだろ。〈菅田《すがた》運輸〉さんだったろ」

「そうです」

倒産か、って。

「そりゃあ、大変だったな。まったく知らんかったな」

「そのまま営業はしていますから」

会社の建物も看板とかもまだ全然変わらないでそのまま営業は続けている。経営者が替わっただけって感じになっているから、近所の人でも知らない人の方が多いと思う。

「あれだ、学校、蘭貫学院はバイト禁止なんじゃないのか」

「それも、何とかなります」

どうして何とかなるのかはちょっと言えないけど、何とかなるって思う。先生に頼んでおけば。

「そうだな。まぁそういう事情なら雇ってもいい。君は、三四郎《さんしろう》くんだったか」

「はい」

菅田三四郎。この名前を言うと年配の人たちは、ちょっと嬉しそうに微笑《ほほえ》んだりするんだ。昔の小説の主人公の名前で〈姿三四郎〉っていうのがいて、映画やドラマにもなっていてけっこう有名なんだ。柔道の天才みたいな人らしいけど、僕は柔道はしたこともない。

「真面目な子だってのはよくわかるしな。親父さんも、顔見知りではあるし」

そうか、親父さんの会社がな、ってまた言って気の毒そうな顔をする。

「家とかは大丈夫だったのか。手放すとかそういうのは」

「引っ越しました」

自宅は会社の敷地内だったから、それも売ったんだ。今住んでいるのは、ここからすぐ近くのアパートだからここに通うにも問題ない。すごく家が狭くなったけれど、三人家族なんだから全然平気だった。僕の部屋は四畳半だけど確保できたし。

「あれだ、少しでも多く稼げた方がいいな」

「はい」

「うちもそんなに儲かってるわけじゃないから時給を高くすることはできないが、あ、まぁ五十円ぐらいなら上げられるか。頑張って七〇〇円。開店前には全部掃除とかするんだが、毎日学校行く前に朝早く来て自分で鍵開けてできるか？　そうだな、一時間もあれば終わるだろうが」

「できます」

朝早く起きるのは全然平気だ。野球部で朝練とかあったから、慣れてる。

「自転車で来れるよな？　交通費なくても」

「来れます」

「うん、じゃあそれで丸々一時間分の時給は稼げる。後は学校終わってすぐに来て、ここで着替えてそのまま入ればまた少しでも稼げるだろ」

「はい」

うん、って三公さんが頷く。

「じゃあ、採用だ。承諾書を作るから、ちゃんと父さん母さんに話してサインと判子貰ってくれよ」

それで、入学してすぐ、五月の末からアルバイト開始だ。

紺野夏夫《こんのなつお》　県立赤星《あかほし》高校三年生
〈カラオケdondon〉アルバイト

そう、ここのバイト。

ユニフォームなんてものはないけど、店員だっていうのがわかるように白いシャツにこの黒のボウタイをするんだ。「蝶ネクタイ?・」って言ったら、「これはボウタイって言うんだ」って筧《かけい》さんに教えられた。

知ってた? そうか、俺は知らなかった。

筧さんの私物なんだってさ。当面の間、ここのバイトは俺一人しか雇わないから、ずっと使っていいって。

ここそんなに大きなカラオケボックスじゃないからさ。

筧さんと奥さんと俺の三人で充分なんだ。奥さんは厨房《ちゅうぼう》にいるよ。ここの料理や飲み物は大体奥さんが作ってる。後は、近所のお店からの出前ね。

出前だよ。メニューの中華っぽいのは全部出前。そうそうそこの〈香州《こうしゅう》〉からの。提携ってことでやってるんだって。カレーとかアイスクリームとか、ここで作れるものは作ってるけどね。

あ、そう、このYシャツは高校の制服のまま。

白いＹシャツは学生服の下に必ず着るんだから、学校から〈カラオケdondon〉に来たら、上着を脱いでボウタイを付けたらそれでオッケー。

そういうふうに見えるだろ？　わざわざ家に帰って着替えて来なくてもいいから、学校からまっすぐ来られて楽でいいんだ。時給も稼げるしね。うちは六八〇円。その他に賄いも出るし飲み物も自由だからけっこういいと思うぞ。

シャツはそのまま奥さんが洗濯してくれることもあるし、学生服をクリーニングに出してくれることもあるんだ。

すっげえ便利だろ。

晩飯も作ってくれるし、好きなものを飲んでいい。もちろん酒はダメだけど。バイト代から引かれたりはしない。本当に助かる。

どうしてそんなにしてくれるのかって思ったけど、寛さんは「それが〈バイト・クラブ〉だからだ」って。

〈バイト・クラブ〉。

社長の寛さんたちが勝手にそう名付けたって。

昔話を聞かされた？

まだか。

まだ寛さんが高校生の頃。もう四十年も前。四十年前って、一九五六年だ。昭和三十一年。すっげえ昔だよな。

どんな時代だったのかなって調べてみたら、エルヴィス・プレスリーが〈ハートブレイク・ホテル〉を出した年。日本では、高倉健さんがデビューしたんだって。あと、怪獣映画の『空の大怪獣ラドン』が封切りしてた。

そんな年に、筧さんも高校生だったけどアルバイトしてたってさ。

まだその頃には〈アルバイト〉なんて言葉もそんなに広まってなくて、内職とか手伝いとか下働きとか、そんなふうに言われてたらしいけど。とにかく筧さんの家は貧乏でさ、学校に通いながらいろいろ働いてたんだ。

そんなときに、近くにあったお寺でやってた書道教室の先生の尾道《おのみち》さんって人。お坊さんだったらしいけど、いつでもうちに来ていいぞって言われたんだって。

時間の空いてるときに、お寺の書道教室に来て、そこで何をしててもいいぞって。もちろん教室を使っていないときにだけどね。

勉強しててもいいし、ただ寝ててもいい。もしも腹が減ってるなら飯も出してくれる。

その尾道さんってお坊さんは、近所に住んでいる苦学生とか、恵まれない子供とか、そういう子供たちに場所を与えていたんだって。

自分の時間というものを持てる場所。楽に過ごせるところ。ひょっとしたら楽しい仲間に出会える場所。

筧さんは、そこでいろんな出会いをして、自分の時間を持てて、とにかくすごくいい日々を過ごせてそれがずっと生きる支えになってきたんだって。

だから、もしも自分が大人になって余裕ができたら、そういう場所を作ってみようって思ったんだってさ。

それが、ここ。

〈カラオケdondon〉の七号室。

この部屋はお客さんには貸さない部屋。

生活のためにバイトしながら学校に通っている子供たちの場所。恵まれているとはいえない高校生たちの場所。

〈バイト・クラブ〉のための部室。

ここの部員になるための資格はたったひとつ。

【高校生の身の上で〈暮らし〉のためにバイトをしていること】

飲み食いは無料。もちろんカラオケも無料。ゲームしようが勉強しようが寝ようが泣こうが喚こうが自由。

皆そうだろうけどさ、学校行ってバイトも行って、それで毎日終わっちゃうだろ。どこか一日でもさ、空いた時間があったらここに来て、ぼーっとするだけでも、それこそカラオケやったりするだけでもなんか楽になったりするじゃん。

そのための、部室。

あたりまえだけど他の部員の、もしくはカラオケに来てるお客様の迷惑になる行為や公序良俗に反することはゼッタイにダメだし、ここに来ることで親に心配かけるのもダメ。

別に公《おおやけ》に募集してるわけじゃないしそんなことできないからな。なんか犯罪になっちゃうかもしれないし。

だから、表向きには、ただ筧さんと知り合いになった高校生たちがちょっと遊びに来ているんだ、って感じにしないとさ。不良たちの溜まり場になってるとか噂されちゃったら元も子もないだろ？

そこはちゃんとしておかないと。俺はバイトに来てるから親も心配なんかしてないしね。お前も言ってあるんだろ？

俺が、この部室の最初の一人だったんだ。

そう、いちばん最初にここに来たんだ。

あぁ、広矢《こうや》さんってそうだってさ。

グラフィックデザインやってる尾道広矢さんだろ。俺も何度も会ったことある。あの人は、そのお坊さんだった尾道さんのお孫さんだってさ。

ここにもたまに来るよ。

差し入れのお菓子とか持ってきてくれる。そこにあるクッキーもそうだ。自由に食べていいんだよ。ほら、冷蔵庫も置いてある。

筧さんはその広矢さんが生まれた頃から知ってるんだって。そして広矢さんも、自分のお祖父さんがやっていたことを聞かされていて、それを筧さんが継いだみたいなことになってるのを知ってるから。

生活のためにバイトしている高校生を見つけたら、もちろん誰でもいいってわけじゃないけど、何となく、人となりっていうんだっけ？　そういうのを確かめてから声を掛けてるんだって。

バッティングセンターだよな。〈三公〉だよな。

広矢さん、あの人けっこう通ってるからな。広矢さんも高校球児だったらしいよ。どこの高校かは知らないけどね。

あ、野球やってたのか。そうか。

偶然だろうけど、そこでバイト始めて良かったんじゃないか。


俺は、新聞配達してたんだ。小学校の六年生から。早いだろ。

言いふらしたりしないだろうから言うけど、俺の父親ってヤクザなんだよ。

そう、暴力団のしかも組長。マジさ。ヤバいだろ？

俺もそれを知ったっていうか、理解したのは小学校の高学年になってからなんだけどさ。もちろん俺は全然関係ないよ。それこそ父親にほとんど会ったことないし。

全然だよ。なんか、うんと小さい頃にはどっかのおじさんみたいな人が家にいたことがあったような気がするけど、それだけだ。顔も知らないよ。

いや、ずっと母さんと二人きりだった。二人でアパート暮らし。そう、見かけ上はどこにでもいそうな母子家庭ってやつだよ。

母さんは保険の外交員ってのをやってる。一応はちゃんと稼いでいるんだけどさ。めっちゃ貧乏ってわけでもなかった。でも、違ったんだ。母さんはそのヤクザな父親から、生活費みたいなものは貰っていたんだ。

驚いたっていうか、どうしてそんな奴と結婚したんだって思ったよ。

あぁ違うか、そう内縁の妻って感じか。籍には入ってないみたいだ。だから俺の紺野《こんの》っていうのは母親の名字。

いや、母さんの方な。祖父さん祖母《ばあ》さんとは、縁が切れてるのかな。それも会ったことないよ。話をしたこともない。ヤクザな男と一緒になっちゃった娘に呆れて音信不通、じゃないか。勘当ってことになってるんじゃないかな。まぁ、たぶんそうだと思う。だから身内って言えるのは本当に母さんだけ。

それで、そんなヤクザな父親の金でなんか暮らしたくないって思っちゃってさ。

そう思うだろ？

すぐに新聞配達のバイトを始めた。六年生からね。

母親は何にも言わなかったよ。

まぁちょっと言い争いみたいなことになったけど、別にそんなに悪い母親ってわけでもないしさ。俺のことをちゃんと育ててくれてるんだし。

自分の小遣いを自分で稼ぐことは悪いことでもないだろう？　そう言ってるよ。実際、小遣い貰ったことないしね新聞配達始めてからは。

まぁ高校卒業したらすぐに働いて、ヤクザな父親なんかの金で暮らさないようにしたいとは思ってるけどさ。

大学行った方がいいなら奨学金とかいろいろ手段はあるだろうし。少しずつは考えてるけどね。ちょっとヤバい時期っていうか、そんな気持ちはちょっとあったけどバカらしいじゃん。父親がヤクザだったのを知ったから自分も荒れちゃうとかさ、本当にバカじゃんって思ってさ。だから、こうやって言っていいなって思った人にはちゃんと言うことにしてるんだ。そうやって自分も、何て言えばいいんだっけ。戒めてる？　親のせいにするなよって。自分がちゃんとしてればそれでいいんだからなって。


筧さんとは、中二のときに知り合ったんだ。

そう、新聞配達していてね。筧さんの家にも配達してたんだよ。

中二の夏休みだったかな。もう顔見知りにはなってたんだ筧さんとは。あの人朝めっちゃ早いんだ起きるの。昔から眠りが短いんだってさ。それで朝早くからジョギングしたりしてる。昼寝もよくするらしいよ。

たまたま昼間に近所でばったり会ってさ。筧さんがちょっと昼飯を外に食べに行くけど、奢るぞって言われてさ。

びっくりしたよ。顔見知りではあったけどなんで？　って。勤労少年にはがんばれよって応援するものだって言われてさ。まぁそりゃありがとうございます、ってレストランに連れてってもらって美味しいもの食べてきた。

そのときに、どうしてそんな若い内からバイトしてるんだって訊いてきてさ。

で、まぁ、父親がヤクザってところはちょっとぼかして、とにかく母一人子一人で貧乏だからって事情を話したらさ、じゃあ、高校生になったらうちでバイトしないかって言われてさ。さすがに中学生のうちはカラオケ屋でバイトするのは無理だから。

新聞配達するより時給はよかったし、長くできるからさ。

それで、高校に入ったらすぐに来たんだ。

いや、中学の頃にもたまに部室には来ていたよ。でもまぁ中学生がカラオケに出入りしてるのもなんだしさ。その辺はきちんとしなきゃって。

最初の頃はほとんど俺の個室みたいになってたけどな。

そう、その辺のコミックやなんかも全部俺の趣味。古本屋とかで買ったものだし、貰ってきたものもある。

そもそも、生活のためにバイトしてる高校生なんて、そうそういないじゃないか。バイトしてる連中はたくさんいるだろうけど、大体は自分の小遣いを稼いでる感じだろ？　切実なものじゃないから。

それに、いくらカラオケ屋をやってるからって、そんなにたくさんの人と知り合えるわけじゃないし、さっきも言ったけど公に募集するものでもないしさ。

あくまでも、筧さんや広矢さんたちが、たまたま知り合って大丈夫と思える高校生たちを呼ぶだけのものだから。

いろいろ、勉強になってるよ。

ここでね。

俺が一人でいる頃には筧さんや奥さんや、それこそ広矢さんとかが顔を出してくれて、あれこれ話をしたりしてくれるんだ。仕事の話とかさ。

大人になって何をしたらいいのか、自分には何が向いているのか、俺たちガキが知らない世界のことを話してくれたりして。


皆が来始めて、やっぱ嬉しかったよ。

別に他に友達がいないってわけでもないけどさ。学校で仲のいい奴らはまぁいるけどさ。なんていえばいいのかな。

まぁ単純に、俺らバイト仲間じゃんな、って感じでさ。

苦学生って昔は言ってたんだよな。そういうの。苦労してまで勉強したいなんて思ってないけど、同じような環境にいる奴らは、言わなくてもわかるじゃんって感じってあるからさ。

なんか、あれだよ。

同じような思いを持ってる奴らがここに一緒にいるんだって思えるだけで、ちょっと嬉しいじゃん。


俺と同じ赤星高校の奴来てるよ。

渡邉《わたなべ》みちかっていうの。

二年生で女子だけどな。ファミレスでバイトしてる。そうそう、あそこの。同じ高校でも、ここに来るまでは全然まったく知らなかったけど。

あそこのファミレスの店長さんが、筧さんの同級生なんだよ。そう、名前なんだったかな、河《かわ》原《はら》さんだったかな。

仲が良くて、ここのことを全部話してあるんだってさ。だから、ファミレスにバイトしに来た高校生で、俺たちみたいなのがいたら話をしてみてって言ってあるんだって。

みちかも母子家庭だってさ。それは、俺みたいじゃなくて、単純に離婚したみたいだけどね。単純って悪い言い方だったな。いろいろあったらしいよ。

あ、違うわ。お祖母ちゃんも一緒に住んでるんだって。女三人の暮らしだね。それで、お母さんは食品工場みたいなところで働いてるんだけど、なんだか具合を悪くしてあまり稼げなくなったとかでさ。それでみちかもバイトを始めたって。

全然するよそんな話。全部してる。

俺も今、したじゃん。

そもそもここに来たってことは、そういう家に複雑な事情があるってことだからさ。皆、素直に話して本音で喋ってるよ。隠したってしょうがないんだからさ。

あとは、一ノ瀬《いちのせ》高にいる坂城悟《さかしろさとる》。

坂城も二年生かな。

名前知ってる？　同じ中学？　あぁサッカー部だったって言ってたなそういえば。じゃあ第二中の一年先輩か。あんまりは知らないんだな。

あいつはガソリンスタンドでバイトしてる。そう、ガソリンスタンド。オートバイ好きなんだよな。免許も持ってるし、自分のバイクも持ってる、っても原チャリだけどな。ボロボロになったのをただで貰って自分で修理して乗ってる。

蘭貫学院の奴は初めてだよ。

あんないいところの私立に通ってる連中がまさかバイトしてるなんて誰も思わないしな。

バイト禁止だよな？　同じ中学の奴が一人行ってるけど、バレたら大変だからやってないって言ってたし、そもそもバイトなんかしなくてもお小遣いには困ってないような連中がほとんどだろ？

学校には黙ってるんだろ？　バレないか？

バッティングセンターなんてけっこう人に見られるじゃん。

へー、担任の先生が。

それは、助かったな。でもなんでそんな感じになったんだ？　あ、まぁ言えないんだな。

うん、三四郎的には言ってもいいけど、その先生の名誉のために言えないってことね。

それはしょうがないさ。

そういう感じなんだってことね。

渡邉みちか　県立赤星高校二年生
〈ロイヤルディッシュ〉ファミリーレストラン　アルバイト

すごい、四人もいるの初めてだね。

この間、初めて坂城くんと紺野くんと三人でここにいたけど、もう四人になったんだ。

三四郎くんって、いい名前だね。柔道の？　知ってる。何かで読んだか見たかしたことある。

三四郎くんって呼んじゃいそう。

いい？　私の方が先輩だもんね。

えー、じゃあこんなに集まったんなら、毎週何曜日に集まろうとか決めちゃった方がいいんだろうか。その方がみんなに確実に会えるんだから。

「それはどうかな。いや、俺はほぼ毎日いるからいいけど、なんか義務みたいになっちゃうのは違うんじゃないか」

そうか、そうだよね。

「集まるって約束じゃなくて、この日なら来られるってのをそこのカレンダーにそれぞれ書いておけばいいんじゃないのかな」

「坂城くんそれ！　いい。だってこの先もまた増えるなら会いたいもの。女子ひとりだから女の子もいると嬉しいけど」

三四郎くんが、あ、って声を上げた。

「女の子。呼んでいいならいいるんだけど」

「友達か？」

「幼馴染み。今は家は離れたけど前は隣りに住んでいたんだ。たまたまだけど、生活のためにバイトを始めた」

「それってカノジョじゃないの？」

隣り同士で幼馴染みって。

「そう言っても、いいかな」

いいかなって、三四郎くんカノジョ持ちか。

「いいんじゃないか？　筧さんに言ってみろよ」

「どこの子なの？」

「榛《はしばみ》学園」

「わ、お嬢様じゃないの？　そういえば三四郎くんはどこ」

蘭学？

三四郎くん、蘭貫学院なの？

すごい。頭良いんだ。え、でもあそこバイト禁止だよね友達いるけど、すっごい厳しくて本当にアルバイトがバレただけで停学だって話は聞いてるんだけど、どうしてるの？　ごまかしてるの？

「いろいろあって、担任の先生がごまかしてくれるんだってさ」

え、どういうこと。

「言えないような関係がその先生とあるとか？　カノジョいるのに？」

違うよって笑った。

「そんな変な関係じゃない。言えないけど、家の事情を知ってて便宜《べんぎ》を図ってくれているんだ。いい人なんだよ」

「先生を、人、って呼べるってことは、先生と生徒以上の関係があるってことなんだろうから、そこはツッコまないであげようよ」

「いいけど」

ものすごく真面目で素直そうな顔してるのに、三四郎くんなかなかやるんだね。

うん、そうだね。

まだ話してなかったね。私んところは、親が離婚した。

私が中二のとき。

それまではね、普通っていうか、うん、本当に普通の家庭。

お父さんとお母さんと私と三人家族。マンションに住んでいた。や、そんな立派なマンションじゃなくて、賃貸のかな。でもちゃんと私の部屋もあって。

お父さんは旅行代理店で働いていた。今も、そう、かな。

お母さんは専業主婦だった。結婚する前はデパートの店員さんだったって。あーそう、そこの、婦人服売り場にいたって。

結婚して、私を妊娠《にんしん》したときにそこを辞めたんだって。

それで、私を産んで、育てて、幼稚園に行って小学校に入ってそのまま中学校に行って。大怪我とか入院とか、二人が大喧嘩するとかそんなことも全然なくて、三人でずっと暮らしてきて。

普通でしょう？

「普通だな、確かに」

「ねぇ、自分の記憶って、辿《たど》ったことある？」

「記憶？」

「記憶。思い出。生きてきた日々」

「どういうこと？」

私は、親が離婚することになってから、なんか自分の記憶をずっと辿ったの。私たちは普通の何でもない家族だったのに、どうしてこんなことになっちゃったんだろうなぁ、って思って。

それまでのお父さんとお母さん三人で暮らしたことをずっと思い出していて、そういえばいちばん古い記憶ってなんだろう、とか考え出して。

ずーっと自分の記憶を辿っていったことあるんだ。

今も、たまにやっちゃう。そういえばあんなことあったな、とか。

「わかるな。俺もやった。親父がヤクザだって知ったときに。そういやときどき来ていた男がいたけど、あいつかなって」

「そうだね。そういうことなら、僕もある。うちの母親はどんな人なんだろうって思いながら、いろいろ思い出して考えていたな」

「ある。父親の会社が倒産したって聞かされてから。どこかで僕は気づけなかったのかなって思って」

私はね、たぶんまだ自分で立てないときの記憶だと思うんだ。だから、何歳なんだろう。赤ん坊って一歳ぐらいで立つんだっけ？

「そうだと思うよ。隣りの家に赤ちゃんいるんだけど、一歳ぐらいで立ってたな」

「兄弟がいないから赤ちゃんと触れ合うことないもんな。そういや、今ここに来てる部員全員一人っ子じゃん」

「あ、そうだ」

本当だ。

全員一人っ子だ。

「三四郎のカノジョは？」

「一人っ子だ。偶然かな」

「偶然だと思うよ。そうじゃなきゃなんかやだ」

立てない私は寝ながら手を伸ばして、天井が見えてるんだ。前に暮らしていたマンションの天井。

お父さんお母さんが私を見つめていて、お父さんが私を抱っこしてくれる。笑顔で。周りがくるっと回って私は抱っこされて、お母さんの笑顔が見えて。

そういう記憶があるんだ。

すっごく幸せな記憶じゃないかって。

お父さんは、優しい人だったよ。今もそうだと思うけど。

でも、男性としてどんな人かなんて、よくわからないかな。

私は、娘だから。あの人の子供だから。お父さんは、お父さんでしかなくて、どんな男の人なのかなんてわからない。

皆そうでしょ？

自分の親がさ、父親として、母親として、どんな人かっていうのはわかるけど、じゃあどんな男でどんな女か、なんて考えたこともないし、そんな目で見たことないし、そんなふうに接することは不可能でしょ？

「確かにな」

「おふくろのことを、女なんて思ったことないしな」

「父親もな。同じ男、なんて眼で考えたことない」

「皆そうなんだよ。同級生だってさ、同じクラスにいる男子女子って眼でしか見ないけど、どんな男でどんな女かなんて気にしないじゃん」

そういうこと。

お父さんは、優しいお父さんだった。怒られたこともないし、こういうところがキライだなんて思ったこともなかったし。

毎日、ちゃんと会社に行って仕事をして、酔っぱらって帰ってくるなんてこともなくてちゃんと帰ってきてうちでご飯を食べて。遅くなることはよくあったけどね。残業とかはすごく多かったけど、その分給料は良かったみたいだし。

いいお父さんだったんだよ。

気が弱い人なんだろうなって、お母さんと普段の会話とか聞いてて思ったことはあるけど。でも気が弱いってつまり、言い換えれば優しいってことだよね。そういう人なんだろうなって。

でも、一人の男としてはどうなんだろうって。

離婚の原因はね。

同じ会社の、同僚っていうか、部下になるのかな。

自分の部下の女の人と浮気して、妊娠させちゃって、その人と再婚したの。

それって、男としてどうなのってこと。

「マジか」

「それで、離婚したのか」

「そっちの人と結婚するって。責任取って。え、じゃあ私とお母さんに対する責任は？　って思ったよ」

「ヤバいな、みちかの父さん」

びっくりだよね。浮気とか不倫とか愛人とか、そんなのはドラマでも映画でも小説でもどこにでもあるようなものだから何にも考えたことなかったけど。

まさか自分の父親がそんなことしてたなんて。

ただの浮気ならね。ただの浮気っていうのが何なのか決められないけど、ただ他の女の人と遊んだっていうだけなら、ひょっとしたら離婚までいかなかったのかもしれないけど、向こうに子供までできちゃったって。

どう？

や、皆に訊いたって困るだろうけど。

同じ男ったって、まだ不倫も浮気も離婚もできない私たち高校生だけどさ。

そんな男って、どう？

「ひでぇ奴だな、とは思うけどさ。その向こうの女の人と結婚したってのは、まぁ確かに責任取ったのかなって」

「きっと若かったんだろう？　向こうの女の人っていうのは。そのときの、みちかのお母さんよりはさ」

「そう。ずっと若かった」

「てめぇが招いたことだろ、ってのはあるけど、両方とも捨てるよりどっちかを選んだってことだから、まぁそこだけは偉いかなって、いや偉くはないのか？　決められたのは最低限か？」

「誠実なんだか不誠実なんだかわからないけどね」

だよね。

私もさ、後から思うと、私はもう中学生だったしさ。まだ若くて赤ちゃんが生まれる向こうを選んだっていうのは、まぁしょうがないのかなって思った。頭に来たけれどさ。

そしてさ、生まれてくる子供にはなんの罪もないんだからさ。ちょっと会いたかったりするんだ。

女の子。うん、知ってる。名前は愛《あい》ちゃん。可愛いよね。お母さんは違うんだけど同じ父親の子供なんだから、私にとっては妹でしょ。

写真では見たことあるんだけど、いつか会いたいなって。仲良くなりたいなって思う。

見たよ？　写真ね。

お父さんには何回か会ってるから。

誕生日とかに。プレゼントを好きなもの買えってお金をくれたりしてる。まぁ、貰うよね。

慰謝料とかそんなのは貰ってないんだ。私の養育費も貰ってない。きちっとしたならゼッタイに貰えるものだってのは知ってるけど、お母さんがいらないって。

お父さんはね、もう会社にもいられないぐらいの立場になってしまってるはずだって。そうだよね。妻子あるのに浮気して部下の女の子を妊娠させたんだよ。針のむしろっていうんだっけ？

何らかの責任は取らされてるよね。給料が下がったとかさ。左遷されるとかさ。まぁ左遷でどっかに行ったとかは今のところないみたいだけど。

向こうの、新しく生まれてくる子供が、赤ちゃんが可哀想だって。せめてきちんと育てられるようにしないとダメだってさ。うちのお母さん。

うん、そんなの知るかー！　っても思ったけども。

でも、やっぱり赤ちゃんはちゃんと育ててあげないとさ。お父さんとお母さんと揃ってさ。私はもう中学生になっていたんだから、後はもう大人になっていくだけでしょ。多少ご飯食べれなくなったってそう簡単に死にはしないし、死にそうになったら誰か助けてくれるぐらいの知り合いや友達はいるしさ。

まぁいいかって。

赤ちゃん頑張って産んで育ててねって。

三歳になったかな。愛ちゃん。

可愛いの！　お父さんには全然似てないからきっとお母さん似なんだろうけどさ。あぁこんな可愛い赤ちゃん産むお母さんなんだからきっと可愛いんだろうなって。それでお父さん浮気しちゃったのかなって。まぁそれは冗談としても。

本当に可愛い。ちゃんと育ってるみたいで、これで良かったなって思ってる。私も、まぁほらグレたりしてないし。

だから、お母さんは必死で働いた。私と、お祖母ちゃんと、三人の暮らしをきちんとできるようにね。

それで、ちょっと頑張り過ぎて身体壊しちゃって。

私も、アルバイトをするようになって。

せめて自分の学校の分のお金ぐらいは稼げたらいいなって。

「あそこの店、時給いいんじゃなかったか？」

「うん、七〇〇円。けっこういいんだ。それにね、前はホールだったけど今は厨房にも入ってるから、さらに時給上がって七五〇円」

「厨房で何をやるの？」

「パフェとかの盛りつけ。あれ意外とセンスがいるんだよ」

「お菓子作りとか得意なのか？」

「得意！　料理も好き。ファミレスのバイト始めてわかったけど、私、そっちの方面に進んでもいいなって」

「得意なこと、見つかるっていいよな。広矢さんも言ってたけどさ、好きなことを見つけるより得意なこと見つける方がいいぞって」

「好きこそものの上手なれってことわざあるけれど」

「好きで得意なら最強だけどさ。好きだけで得意になるってことあまりないじゃん。カラオケで歌上手くても歌手にはなれないだろ」

「あ、なるほどね」

「大して好きとは思わないけど、やると簡単にできるものってあるよね。僕、掃除が上手いってバイト始めてから褒められる」

「そこそこ。それが大事だってさ」

田村由希美《たむらゆきみ》　私立榛学園一年生
〈花の店　マーガレット〉アルバイト

うちは、ちょっと変わっていました。

両親がいて、私がいる三人家族。そこは何もおかしくはない普通の家族。

母も父も働いていたけれども、母が会社の経営者でした。

美容関係の会社で、化粧水とかそういうものを自分たちで造って販売している会社。母がまだ二十代の頃に設立して、それからずっと経営してきた会社です。

そこの、社長が母。

そして、父は、営業部長。物心ついたときから、ずっと二人はその関係でした。

母に訊くと、出会ったのは母と父がまだ大学生の頃。別々の大学だったけれども、映画のサークルで知り合って、付き合いだして、そして大学を出るとすぐに結婚して。

そのときはまだ、母は薬品会社に就職したばかり。父も建築関係の会社に就職したばかり。

それから何年も経たないうちに母は美容関係の会社を設立して社長になって、そしてしばらくしてから、父を自分の会社に呼んだんです。一緒にやってほしいって。

だから、母が、父を雇っていたんです。

裕福な家のひとつだったと思います。何ひとつ不自由した覚えはないし、いつも好きなものを買ってもらえたし。

母の会社は、そんなに大きいわけではないけれども、業績はずっと順調で、あちこちの薬局やデパートにも商品が置かれていて、ファッション誌に出たり、ＣＭも流したりしていて。

ちょっと、自慢でした。

でも、きっと父は何かを抱えていたんだと思います。同時に、母も。

二人が離婚すると私に話したのは、私が高校に合格したその日です。

ずっと、二人の間では決まっていたことだそうです。父が母の会社を辞めて、そして離婚もすると。

ただ、私が受験生だったので、それが終わるまでは待とうと話し合っていたんだそうです。

驚いたけれど、本当にびっくりしましたけれど、でも心のどこかで「あぁやっぱりか。そういうことか」って思った自分がいました。

父が、一人で部屋にいるときの後ろ姿に、何か感じてしまうことがよくあったんです。たぶん、ずっと前から。小さい頃から。

そういうことに気づけたのは、私が中学生になって、そういう大人の感情みたいなものを感じ取れるようになったからなんだと思います。

何があったのかを想像するのは簡単ですけれど、どうしてそうなってしまったのかは、たぶん両親にもよくわからないんだと思います。

浮気は、あったかもしれないです。

それも、母も父も。両方とも。

お互いに束縛しない、なんていう感じだとわかるんですけれど、そうじゃなくて、たぶん別の人をそれぞれが求めてしまったんじゃないかと。すれ違いの生活の中で。どっちが悪いというわけでもないんだと思います。

離婚したのなら、当然どちらかが家を出ていかなきゃなりません。

うちは、母が建てた家です。母が会社経営者としてお金を稼いで自分で建てた家です。だから、父が出て行くことになります。

私の親権は母が持つ。そういう話になっていたそうです。

当然ですね。父は母の会社を辞めるんですから、一瞬でも無職になってしまいます。そして、どこに就職し直したとしても母より収入が低いのは間違いありませんから。

母と一緒に暮らすのがいちばんいい。

それが二人の結論でした。

でも、私の意見を尊重してくれると。

私が、父と暮らすことを選んだんです。

二人とも驚きませんでした。やっぱりそう、という感じです。

母が忙しかったせいでしょうか。私は、小さい頃から父になついていたんです。

母とは、別に仲が悪いわけじゃないですし、今でも会ってます。私のことをちゃんと見ていてくれています。

でも、私がいなくても母はきっと大丈夫。むしろいない方がいいんじゃないかって思えました。父も、ひょっとしたら私がいない方がいいかもしれないですけど、少なくとも父に新しい奥さんが来るまでは、今度こそ父と一緒にずっと人生を歩んでくれる人が現れるまでは、私がいなきゃ駄目なんじゃないかって感じてしまったから。

どうせ、高校を出たら一人暮らしをするかもしれないんです。だから、三年間ぐらい。その間、父と一緒に暮らしていこうと。


私の学費は、母が出すことになっています。大学に行くことになっても不自由しないように。生活費も、私が食べていける分だけはお小遣いのように毎月母が送ってくれることになりました。それは、私が就職して一人で暮らしていけるようになるまでは、という約束で。父が自分で使ったりしないように、私だけの口座に。

その間に、父は新しい仕事を見つけて、自分のお金は自分の生活のために使えます。だから、私も不自由はしていません。

家が、広い家から狭いアパートに移っただけ。

それでも、ちゃんと一人の部屋はあります。

アルバイトをしようと決めたのは、自分のお小遣いは自分で、と思ったから。そんなことしなくても大丈夫だって父は言ったけれども、それでもやっぱり。

父と暮らすことを決めたのは私なんだし。自分のことは自分でしようって。学校も、アルバイト禁止ではなかったから。

バイト先は、〈花の店　マーガレット〉。

偶然だったんですけれど、父が大学卒業してすぐに働いていた会社の、同僚だった人のお店だったんです。

女性で、実家がそこだったそうです。就職はしたけれども、ご両親の具合が悪くなってしまって、会社を辞めてお店を継いだんだとか。

私が父の娘だと面接のときにわかって、お互いにびっくりしました。父も後から店に来て、旧交を温めていました。知り合いのところなら安心だって、父もバイトすることを承知してくれました。

父は、知り合いの会社に就職し直しました。

やっぱり営業職でした。それでも、母の会社のように部長待遇とかではなく、普通の平社員として。平でもないのかな。一応主任とかそういうものかも。

誰か、他の女の人と付き合っているような気はします。母も、誰かパートナーがいるようです。

＊

ほとんど、生まれてからずっと。

自分たちが覚えていない赤ちゃんの頃からずっと隣りの家にいて、毎日一度は顔を合わせていた三四郎と、隣り同士ではなくなってしまって。

菅田さんの会社が倒産して、家も売却してそこからいなくなるっていうのを聞いたのは、二人とも高校に入学してすぐ。

幼稚園も小学校も中学校も一緒で、高校は別になったけどそれは仕方なくて、でも変わんなく家は隣同士なんだからって思っていたのに、あっという間に三四郎たちは引っ越してしまって。

そして私も、引っ越して。

こんなことって本当に起こるんだって、三四郎と話しました。

まったくの偶然なんだけれども、隣り同士の家でそれぞれに会社の倒産とか両親の離婚とかが起こってしまって、引っ越しがあるなんてって。

親同士も、引っ越す前に会って挨拶《あいさつ》とかしたんですけれど、本当にお互いにどういう顔をしていいもんだか、と、言い合って、最後には皆で大笑いしてしまったって言ってました。本当に、ですよね。

そんなことが起こるもんなんですねって。

お互いに、それぞれが新しい生活になっていくんだってことで、頑張りましょうって。これからも、何かのときには連絡し合ってやっていきましょうって。

うちの父は、三四郎とお父さんとは仲良かったみたいだから、いいなって思いました。いろいろと話し合える相手がいるって、とても大事なことだと思うから。

三四郎と離れてしまうのは、ちょっとショックだったけれど、でも別にいなくなるわけじゃないんだし。

引っ越しする前に、ちゃんとお互いに次の住所も教えあったし、電話番号は変わるからってそれも。

たぶん今は無理だけど、もしも携帯電話を買えるようになったらまたいつでも連絡取れるからって話した。

私は、たぶんすぐにでも携帯電話を買えたりできると思うんだけど、三四郎は全然ムリだろうって。

バイトも始めるけれど、三四郎の場合は本当に切実みたいで。

携帯があれば、二人ですぐに何でも話したりできるかもって。だから、当面の目標は頑張ってアルバイトのお金を少しでも貯めて、自分の携帯電話を持てるようにしようって話していた。

＊

「じゃあ、同じだ。親の離婚。私と」

「うん、そうですね」

みちかさんは、可愛い。眼が丸くてくりん、としていて、リスみたいだ。背がちょっと低いけどとてもスタイルが良くて。

私が棒みたいに細いから、少し羨ましい。

「三四郎くんと付き合ってるんだ。あ、三四郎くんって呼ぶのは後輩だからだよ。こないだいいですよって言ったからね」

笑った。

「大丈夫です。皆、三四郎とか三四郎くんとか名前で呼ぶので。呼びやすいんですよね」

「そうだよね。三四郎か！　って思わず言っちゃったもん。で、付き合ってるんでしょ？」

そうなんだろうけど。

「本当にずっと一緒にいるので、あまりそういう感覚がないんですよね」

「あー、逆に」

「はい。好きなのは間違いないんですけど、その好きっていうのも、ずっと一緒にいるせいもあって」

「兄妹みたいな？」

それも、わからない。

「きょうだいがいないので」

「そうなのよ」

ポン、ってみちかさんが自分の腿を叩いた。

「今ここに集まった皆が皆、一人っ子なのよね。なんでだろうってこの間も言ったんだけど、きょうだいがいたらここに来ないかもなー、って坂城くん、一ノ瀬高校のね、言ってた」

そうかもしれないです。

私も、もしもきょうだいがいたのなら、三四郎に誘われても来なかったかもしれない。

「今日は来るんでしょ。三四郎くん」

「来ます。九時半ぐらいに終わるから、その後に」

「なんか、良かったたっていうのは変だけど、二人で過ごす時間が増えるんじゃないの？　家が隣同士でいるよりは」

「そう、なりますかね」

確かに。今まで、夜にどこかの部屋で二人で会うなんてことはなかったから。

「離婚とか倒産とかあったけど、まぁ良いこともあったなって思えばいいじゃない。他の学校の先輩たちとも話ができるって。あ、坂城くんもね、紺野くんもいい奴よ。紳士よ」

「紳士」

ジェントルマン、って英語で言って笑います。

「いるじゃないクラスに必ず一人は。バカな男子じゃなくて、頭も悪くなくて、何て言えばいいかな、紳士なのよ」

「誰に対しても、公平に、対等に接することができる人」

「そうそう、そんな感じ。ほら、見た目ごつくてもガラが悪くても女子供にはすごく優しいとか」

わかります。

「三四郎も、そんな人です。見た目通りに優しい人ですけど、でも弱いわけじゃないです」

「真っ直ぐって感じした。三四郎くん」

「そんな感じです」

〈バイト・クラブ〉。

今、ここに来ているのは、みちかさんと、坂城さんと、紺野さん。そして三四郎と、私。その五人。その内、紺野さんはここでバイトしているから、ほぼ毎日いる。忙しいときには七号室にはいないけれども、大体、皆がバイトが終わってここに来る九時とか十時ぐらいには、顔を出して休憩しているそうです。

皆が、自分の生活のためにアルバイトをしている高校生ばかり。

私も確かに自分のためにアルバイトを始めたけれども、実質生活には困っていないのでちょっと気が引けるけれども。

「いいじゃん。筧さんがいいって言ってるんだし。三四郎もいるんだし。筧さんがお父さんのことを知っていたんでしょ？」

「そうなんです」

以前に仕事の営業の関係で、お父さんは筧さんと会ったことがあるそうだ。

「三年間か。お父さんとふたり暮らし」

「はい」

「大学行くの？　お金はあるんでしょお母さんからの学費」

「あります」

でも、大学に行ってどうするかがまだ全然わからない。

「将来、何をしたいのかが、何も決まっていなくて」

そんなので大学に行ってもどうしようもないような気がしているけれど。

「三四郎くんは、きついのかな」

「国立なら、奨学金とかもあるし何とかなると思うんですけど」

「そうだよねー。頭良いんだから国立の大学狙えるよね、きっと」

「たぶん」

でも、私は三四郎と同じレベルの大学に行けるほど、成績は良くない。悪くはないと思うけど、きっと届かない。

「将来ね。私も全然見えてないな。料理とかお菓子とかが得意だっていうのはあるけど」

それをどうやって、自分の仕事に、一生のものに繋いでいけるのか。

「専業主婦になっちゃうのがいちばん手っ取り早いよね。料理好きの奥さんっていいでしょ」

笑った。

「いいと思います。付き合ってる人、いるんですか？」

「いなーい。彼氏いたらここにも来てないかも」

そうですね。誤解されちゃうかもしれないし。

坂城悟　市立一ノ瀬高校二年生
〈アノス波坂《なみざか》ＳＳ〉ガソリンスタンド　アルバイト

下手くそか、上手いか、普通か。

道路から入ってきた瞬間にわかるようになったんだ。

わかるんだ。

道路からの進入角度と速度で、ぴったりちょうど計量器のベストポジションに停められるかどうか。

そんなピッタリに停めなくたって給油はできるからいいんだけど、何もしないでもちょうどいいところに停めてもらえれば時間の短縮にもなるし、お互いに気持ちよく終われるんだ。

上手いか普通かの区別はちょっとつき難いけど、下手くそなのは本当にすぐわかる。そんな人が入ってきてちょうど手が空いていたら、すぐに誘導に向かう。

誘導しないととんでもないところに停めちゃう人がいるからさ。ホント迷惑だよって思うレベルでとんでもないところに停めるんだ。

ノズル二本継ぎ足しても届かないよ！　とか、事務所の扉が開かない！　って感じでさ。もちろんそんな文句は言わないけどね。

笑顔で、両手を振って、全身を大きく動かして誘導する。

これもそうさ。下手くそな人の誘導は自分の命を守るぐらいの気持ちでやらないとならない。

ここにいますからね！

誘導していますからね！

身体中でそう言って誘導しないと、いきなりアクセルふかしてスピード上がってビビっちゃうこともある。

本当に、勘弁してほしい。

あと、「千円分だけ」とか本当にすまなそうに言う人ってけっこういるんだけど、全然すまないことなんかないから。

中には「窓なんか拭かなくてもいいよ申し訳ないから」なんて言う人もいて、どうしてそんなに卑屈になるんですかガソリン千円でもお客様ですよもっと堂々としてくださいって言ってあげたくなるときもある。

「まぁ中には、もう殴ってやろうかなって思っちゃう人もくるけどさ」

「たとえば？」

「放り投げてくるんだよ。『これ捨てとけ』とか言って灰皿をさ」

「灰皿投げてきたら全部こぼれちゃう！」

「そうなんだ。火気厳禁のガソリンスタンドなのに。全部消えてるとは限らないのに」

「マジそんなのは殴っていいな」

「殴れないけどね」

ガソリンを売ることが仕事なんだ。

窓を拭くことも、ミラーやライトをきれいにすることも、タイヤの溝を調べたりすることも、きちんとして車を安全に運転してもらうためのこと。

長く車を運転してもらえれば、それだけガソリンを入れに来くれる。ガソリン入れるんだったら、気持ちよくなるあそこのガスステーションに行こうと思ってもらえるかもしれない。

全部がこちらの商売になって儲けるためにやっていることなんだ。

だから、やっているんだ。

何がきっかけだったのかはわからないけど、ガソリンの匂い、好きになっていた。

いつ好きになったのか、どこで好きになったのか。

ひょっとしたら、まだ赤ちゃんの頃にでも車に乗せられて、ガソリンスタンドでガソリンを入れているときに匂いが漂ってきたのかもしれない。

意外と多いよ？　今一緒に働いている人たち、皆好きだよあの匂い。

まぁそもそもキライだったらガソリンスタンドで働けないから。

一日中あの匂いや機械油の匂い、そういうものを嗅いで、そういうものの中で働いているんだからさ。

実は中学の頃からバイトしていたんだ。

正確にはバイトじゃないけれども。中学生は働けないから、正式には。正式にやっていたのは新聞配達。

だから、ガソリンスタンドではお手伝いって感じ。仕事のお手伝いをして、お小遣いを貰うって感じ。

まぁ法的にはグレーゾーンって感じだけど、勘弁してくださいって気持ちでやっていた。新聞配達だけじゃ、本当に懐が淋しいから。

そこの店長が隣りの家に住んでいるんだ。

店長、バイクが好きで。自分でもオートバイを持っていて休みの日なんか走り回っていたみたいで、俺がまだ小さい頃から興味を持ってさ。たまに乗せてもらったりしていた。いや、停まっているときにだよ。その店長の家の前で。

そう、バイクのことは店長にいろいろ教えてもらった。整備士の資格も持っている人だよ。

「乗ってるカブも、カブってスクーターね」

「その店長さんから貰ったんだろ」

「え、貰ったの？」

「店長が若い頃に乗っていたのを。もう本当に古くてあちこち修理しないと走らなくて。自分で部品を買って修理するなら教えてやるからって」

「優しい人だー」

教えてもらったよ。いろんなこと。

高校卒業してそういう専門学校行ったら全部知ってることばかり習うぞって笑っていた。それぐらい、しっかり教えてくれた。

もうバイクだったら一人でいろいろ直したりできるよ。もちろん、道具がないとできないし、道具は買わないと揃わないけど。

どうしてそんなに良くしてくれるのかって思ったけれど、まぁ俺が親のいない子供だって知ってるし。

あと、悲しい話だけどね。亡くなってしまったんだってさ。まだ幼稚園の頃に、病気で。男の子。長男だったはずの子。

そういうのもあるんじゃないかな。

いや、子供はいるんだ。女の子。女の人か。今は大学生になってる。小さい頃は遊んでもらったりしたのを覚えてるよ。

東京の大学に行ってるけど、自宅から通ってる。今もときどきだけど、ご飯を食べに連れて行ってくれたりするよ。

「え、それってデートってことじゃない」

「違う、かな」

「幼馴染みってことになるんだから、そういうのもあるんじゃないの」

「たぶんね。向こうも死んじゃった弟を重ねてるとか、そんな感じ、かな」

じいちゃんとばあちゃんの家にずっといるんだ。住んでいる。

だから、母さんの実家だね。

物心ついたときからずっと。

母親は、いない。東京に住んでる、かな。いや、住んでるはず。たぶんそう。しばらく会っていないけれど、ときどき連絡は来てるから生きて働いているはず。

夜の仕事してるんだ。まぁ、ホステスじゃないかな。

たぶん、銀座のどこかの店。

知らないんだ。もちろん行ったことないし。

会うのは、正月ぐらいかな。あとは、お盆とか年に二回ぐらい。家に、帰ってくるときだけだね。

あぁ、いや学校の入学式とか卒業式とか、そういうときには来るよ。

来るのはいいんだけど、ちょっと浮いてるんだよね雰囲気が。

化粧が上手だしさ。着てくる服とかもやたらとゴージャスだったり。そんな目立たないでくれよとか思ってたけど。

来てくれるだけいいのかなって。

父親は、死んじゃったって聞いてる。実際、うちの仏壇に写真が飾ってあるし、そうなんじゃないかな。

わかんないというか、知らない。俺が生まれてすぐに事故で死んだらしいから。そう言われたらそうなのか、って思うしかない。

中学校のときの同級生らしい。

同級生同士で結婚したんだってさ。

あぁ、東京でね。だから今も母親は東京にいる、のかな。

最初は、最初っていうか、母さんもちゃんと実家に住んでいて、ずっとそこで住んでいて、商業高校、うん、そこのね。卒業して東京にある大きなスーパーみたいなところに就職したらしいよ。

そこで、中学で同級生だった父親と再会したんだって。同じ職場でね。だから、それで付き合い出して結婚したんだろうけど、事故で死んだって。

普通は、普通っていうか、実家に帰ってきてさ。実家で暮らしながら俺を育てるとかって話になるんだろうけど、そのまま東京で一人で暮らし始めたんだってさ。

そう、最初は俺も一緒に。

でも、すぐに赤ん坊がいるのに働くなんて無理ってなって、俺を実家に、じいちゃんとばあちゃんのところに預けたんだってさ。

そしてそのまま夜の商売の世界に入っていったって。

じいちゃんとばあちゃんから聞いた話。

二人とも、謝ったりするんだよ俺に。そんな子に育ててしまった自分たちの責任だって。俺にこんな暮らしをさせて申し訳ないってさ。

そんなこと言われても、全然じいちゃんばあちゃんのせいじゃないだろうし。もう単純に母さんがそういう人なんだろうなって。

どうしようもないよ。

親は選べないしね。

でも、たまに実家に帰ってきて話すけど、俺のことを大事に思ってるのは伝わってくるし、いつかこっちに帰ってきてまともな働き口を探して一緒に住むとか言ってるけど、どうかなって。

「親は選べないってのは、あるよな。俺なんか特に。おふくろを恨んだことあるし」

「三四郎とかは、そんなふうに思わないよね」

「思ったことないかな。でも、気持ちはわかる」

「どうしようもないことを考えても、どうしようもないのよ」

「そう、そう思わないと、本当にどうしようもない」

水が合うって言い方あるよね。

そういう感じじゃないのかな、うちの母親は。

そういう仕事しかできない人なんじゃないかな。好きで、そして元気でやっているんならそれはそれでいいんじゃないかなって思ってるよ。

子供だって、結婚して産んだのはいいけど、産んでみたら自分は子供を育てるのに向いていない人間だって、わかったんじゃないのかな。

いるよねきっとそういう人。

男も女も関係なくさ。

それはもう、それこそどうしようもないことで、病気じゃないんだし治るわけでもないんだろうし。

運が悪かったと思えばいいし、捨てたりしなかっただけいい母親なんじゃないかなって。ちゃんと母親だっていう自覚もあるみたいだし。

本当に運が悪かったらこの世に生まれてこなかったかもしれないし、住む家もなくてとんでもない暮らしだったかもしれない。

好きなこともたくさんあるし。

生まれてこなきゃ良かったなんて思えないし。いいのかなって。

じいちゃんとばあちゃんは、もう仕事とか引退して年金で暮らしてる。

でも、年金っていうのもそんなにたくさん貰ってるわけじゃないみたいだし。じいちゃんはサラリーマンとかじゃなくて、ずっとレストランで働いていた調理人だったんだって。

写真でしか知らないけど。

家はね、ひいじいちゃんの建てた家なんだ。

だから、ものすごく古い。和風もすごい和風の木造の家。びっくりするぐらい古いよ。古いモノクロの映画の、日本家屋だったっけ。そういう感じの。ドラマとか映画の中でしか観ないような本当に昔の家。

いいよ、遊びに来ても。

じいちゃんもばあちゃんも、お客さんが来るのは楽しいみたいだからきっと喜ぶ。

でも、あんまりにも古くて床下からヘビとかカエルとかいろんな生き物が出てくるぐらいだからね。気をつけて。

本当の話で。

もちろんネズミもいるし。

小さい頃からネズミ取りの仕掛けを見てきたよ。

あれ、摑まえるのはいいんだけど、殺すとき可哀想なんだよね。じいちゃんはバケツに水入れてそこに沈めていた。しょうがないんだろうけど、小さい頃は泣いてたよ。ネズミが可哀想だって。

まぁそんなふうに古いけど持ち家だから家賃とかはない。

二人だけの暮らしなら全然大丈夫みたいだけど、やっぱり年金暮らしの二人から小遣いとか貰うのは気が引けるしさ。

だから、ずっとアルバイトしてきた。

新聞配達は今もしているよ。夕刊はできなくなったけど朝刊はしてる。

そう、カブに乗ってね。

乗れるようになってめちゃ便利になった。

皆も興味があったら免許はすぐに取った方がいいよ。行動範囲がぐんと広がるから。

うん。母さんも俺の食費とか学費なんかのお金は送ってきているらしいけど、そんなに大したもんじゃないと思ってるし。

実際大したものじゃないんじゃないかな。じいちゃんばあちゃんはすごい節約しているから。

何とかしろよって言うのもイヤだし。

早く、自分で自分の生活費を全部稼げるようになりたい。

高校出たら、すぐにでも働きたい。

そのまま、もちろんガソリンスタンドも、本社はちゃんとした大きな会社だからさ。そこの試験や面接も受けなきゃならないけど、店長が推薦とかしてくれるって言ってくれてるし。

「じゃあ、そのまま就職？」

「そのつもりだったんだけど、店長も自動車整備士の資格は必要だって言うから」

「専門学校あるよね？」

「ある。そこに通って資格を取るか」

「通わなくても確か取れるよね」

「取れるよ。実務経験が必要になって時間が掛かるけど。それは早く決めなきゃさ」

「専門学校もけっこうお金が掛かるしね」

「それはもう母親に頑張ってもらうしかないじゃん」

そうは思うんだけどさ。

＊

「せっかくだから歌おう！　ミスチル！　〈Tomorrow never knows〉歌う！　由希美ちゃん一

緒に歌おう！」

「二人で歌う歌じゃないじゃん」

「あ、じゃあドリカム〈LOVE LOVE LOVE〉だ！」

「私、そんなに歌上手くないですけど」

「そんなことないよ。声量がないだけ。由希美の声はきれいだしピアノもやっていたから音程もしっかりしてるよ」

「夏夫《なつお》はギター弾けるんだよな？」

「えー、じゃあバンドでも作っちゃう？　この五人で」

「誰がベースとドラムやるんだよ」

「ベースは三四郎くんでドラムは悟くん。なんか雰囲気で。私と由希美ちゃんの女の子ツインボーカルっていいじゃん！」

「ドラム、あるぞ。筧さん持ってる。ここの倉庫に置いてある」

「完璧じゃない！　三四郎くんバイトしてベース買おう！」

「弾けないよ」

生活苦でバイトしてるのにベースなんか買えないって三四郎が苦笑いした。そもそもバンドやりたい奴なんか一人もいないと思うんだけど。

「でも、ピアノ置くのはいいかもなここに。由希美ちゃん習ってたんだろう？」

「習ってました」

ピアノも、倉庫にあるんだって夏夫が言う。

「あるの？」

「なんだっけ、あの小さいの」

「アップライトピアノですね」

「そうそう。別にバンドやるんじゃなくて、そういういろんなものを置いてやってみるっていいよ。そういうふうに過ごすために、ここはあるんだからって寛さんは言ってるんだから」

それはいいかもね。

ここでバイクや車の修理はできないけど、その他のいろんなことができるようになるのは、楽しい。

「カラオケで歌うより、皆で楽器持って歌えるようになるのも、いいかもな。ピアノ弾けたら嬉しいかも」

「教えられます！　初心者になら」

その気になれば、きっとベースも安く手に入るんじゃないかな。

尾道広矢　三十五歳　グラフィックデザイナー
〈尾道グラフィックデザイン〉代表

高校を卒業してから十七年間。

大学は東京に行っていたけれども、家はお互いに変わらず地元だったのにもかかわらず、一度もバッタリ会ったことなんかなかった。

クラス会は今までに四回やって二回は出席したけれど、そこでも会わなかった。後で話を聞いたら、たまたまなんだけれど俺が出席したときは欠席して、俺が欠席した回には来ていたらしい。そんなもんなんだろうな、って思っていた。結局、縁がなかったというのは、そういうことなんだろうって。

十七年間そうやって一度も顔を合わせることも、後ろ姿を見かけることもなかったのに、バッティングセンターで気持ちよくボールを打っていたら、隣りのケージに見事なスイングをする女性がいるなと思ったら彼女だったというのは、驚くよりも笑ってしまった。

その笑い声に気づいたらしく、振り返ってこっちを見た彼女も、笑っていた。

笑っていても、ボールはお互いにまだ飛んでくる。慌ててお互いにバットを構えて、打つ。打つ。打つ。

女性なのに、そして野球の経験なんかないはずなのに、彼女のケージからいい音が響いてくるのは、たぶん高校時代はテニス部だったせいじゃないか。何かを構えて横のスイングをすることに慣れているからじゃないかと思いながら、こっちもいい音を響かせていた。

元は高校球児だ。衰えてはいるし、朝野球ももう四年ぐらいやっていないけど、まだまだバッティングセンターでほぼ全球打ち返すぐらいは、できる。

ケージを出てロビーに入ると、少し先に打ち終わっていた六花《りっか》が椅子に座って待っていた。

笑顔で、軽く手をひらひらさせるので、応える。

「久しぶり」

「本当に」

何度も思うが、十七年ぶりだ。

「大げさだけど、大人になったな」

笑ってしまう。お互いに。

「あなたも。でも中年太りとかになってないのね。通っているから？　ここに」

「まぁ、そうかな」

運動は、ずっとしている。ここにもよく通っている。六花、と名前で呼びそうになって、塚原《つかはら》、と名字で呼ぼうと思って、いや三十五歳にもなっているんだから結婚していてもおかしくないんだ。結婚した女性が一人でバッティングセンターというのも何だが。

薬指に指環《ゆびわ》はない。

「塚原、でいいのかな?」

苦笑して頷いた。

「塚原六花ですよ。いまだに」

独身だったのか。あるいは離婚とかしているかもしれないが。

「何だってまたこんなところにいるんだ。よく来るのか?」

「初めてよ。広めてほしくはないんだけれど、教え子の様子を見に来たの。アルバイトをしてるもんだから」

教え子。そうだ、高校の先生になったんだった。え、バイトって。

「三四郎か?」

「知ってるの?」

二人して、カウンターを見る。中で三四郎が何かの整理をしている。

「そうか、よく来るなら知ってるわよね」

「教え子って、蘭学の先生だったのか」

そうよ、って頷く。いや待て。蘭学はバイト禁止で、三四郎は念のために帽子と黒縁の伊達眼《だてめ》鏡《がね》で雰囲気を変えているんだが。

じゃあ。

「六花が三四郎の担任だったのか」

塚原六花。高校時代に付き合って、別れた彼女。いろいろあって、担任の先生なら見逃してくれると三四郎は言っていたんだが、六花だったのか。いろいろあって、とは、何だ。

＊

大学を出て、広告制作会社に入社したんだ。

グラフィックデザイナーとして。そう、美術系の大学。デザインを勉強してきたよ。

意外だろ。そうだよな。文系だったからなずっと。いや、別に突然路線変更したわけじゃない。

美術も好きだったんだよ。そうだろ？　美術館なんかもよく行ったじゃないか。

文系は、今でも確かに文系だよ。活字中毒者だからな。一日一冊は小説読んでいるし、常に鞄に小説が入っていないと落ち着かないし。そうそう、まるで変わっていない。ただ、将来のことを考えたら、美術系、それもデザインとかそっち方面で仕事をした方がいいんじゃないかって思ってさ。

大学そっちへ行ったら、やっぱりハマったね。自分に向いていた。そう、グラフィックデザインっていうのは主に平面のデザイン。ポスターとかチラシとかパンフレットとか、そういうもの。

そのデザインをするのが、仕事。

もちろん、寺を継ぐ気はなかったからね。兄貴がしっかりと坊さんになって継いでくれるから。いや、頭を丸めることはないんだよ。その辺は宗派によっていろいろだ。まぁ兄貴は勉強しているときは丸めていたけどな。

そうだ、会ったことあるよなあの頃に。家にもよく来ていたよな。肝試しみたいにして。今でも住んでいるよ。実家の〈澄明寺《ちょうみょうじ》〉。うん、親父も元気だ。ただ、覚えてないかな。寺の裏側、裏通りの方に離れがあったの。そうだ、あの平屋の離れ。

そこが、今の俺の家。一人で住んでる。住居兼、事務所。そう、〈尾道グラフィックデザイン〉。そこの代表。一人しかいないから、代表ってのも笑うけど。

あ、名刺ね。独立した。二年前。だから、事務所を構えてから三年目かな。

前の会社も良い会社でさ。ずっとそこで働いていても良かったんだけど、まぁ何年も働いて、一人でやるのが性に合っているんじゃないかって思ってしまってさ。

かといって、一人で仕事を取ってこれるかって考えたら、それもなかなか難しい。狭い業界だからさ。何の実績もないデザイナーが独立しましたって言ったって仕事が舞い込んでくるわけじゃない。

ただ、離れがあったからさ。家賃、タダじゃないか。光熱費さえ払えれば仕事はできる。おまけに独身だから一人だけ食べていけるお金を稼げばいい。

つまり、それこそアルバイトの高校生が一ヶ月稼ぐぐらいの仕事を請け負えれば、何とかなるんじゃないかってさ。

いや、軽い気持ちでもないんだ。

実は、二年前にさ、ある新人文学賞の最終候補に残ってさ。小説ね。

書いていたっていうか、書いたんだ。仕事の合間に。グラフィックばっかりやっているのに飽きたような瞬間があってさ。そう、仕事に慣れて、その仕事で生活することにも慣れ過ぎたような、エアポケットみたいな気持ちのときにね。

書き出したんだ。全然違うものが書けた。そりゃそうだよな。高校生のガキが書いた拙《つたな》い小説と比べる方がおかしいけど、自分でも納得できるような物語が書けてさ。

それを応募したら、最終選考に残った。新人賞の最終選考っていうのは、たくさんの応募作品の中から下読みを経て、最終的にいくつか残ったものを編集部がまた選んで、この中からならどれが受賞してもいいと思った作品ってことなんだ。

それを、審査員の作家たちが読んで、最終的にどれかを選ぶ。大体は、四作とかそれぐらいの中からね。そう、その四作ぐらいに残ったんだよ。

つまり、小説家としてデビューできる作品が書けるってことだ。

いや、その作品は、落ちた。残念ながら、審査員の先生方の好みには合わなかったらしい。

それでも、なんか目処《めど》がついたみたいな気持ちになってさ。書いたよ。実は今も、最終選考に残っている。二回目だな。結果が出るのは、二週間後。まぁまた落ちたとしても、ちゃんとグラフィックデザインの仕事はしているから大丈夫。レギュラーの仕事はあるから。

〈ラモンズ〉あるだろ？　そう、ファッションテナントビル。

あそこのポスターとかパンフとか、俺の仕事。二年前からね。コンペで通ったんだ。それで、一年ごとの契約だけれども、今年で三年目だ。それもあったから、余裕で独立できたんだよ。

来年もあるかどうかはわからないけど、お蔭様でその他のクライアントもたくさんできたからね。当面、まぁ四、五年は大丈夫かな。その間に、小説の方でもデビューできればいいなっていう、取らぬ狸の皮算用してる。

三四郎は、あそこでバイト始める前から知っていたよ。よく通っていたからね、中学の時も。腰を壊しちゃって、野球部辞めたってのも知っていたし。うん、バイトを始めた経緯も知ってる。大変なことだったよな。それで〈バイト・クラブ〉に呼んだんだ。

聞いてないか？

〈バイト・クラブ〉。

まぁあまり人に言うことでもないからな。いや別に怪しいものじゃないよ。知ってるだろ、じいちゃんがやっていた書道塾の話。そうそう、恵まれない境遇の若者集めていたってやつ。あれの、現代版。

〈カラオケdondon〉知ってるだろ。あそこをやってる筧さんって、昔じいちゃんのところにいた人なんだ。それで、まぁいろいろ救われたみたいな感じになっていてさ。じいちゃんがやっていたことを引き継ぎたいみたいな感じで。

そう、カラオケボックスの一室が、部室。そこを、バイトをしている高校生たちに開放してる。自由に使っていいよってさ。俺も、じいちゃんの孫ってことで、そういう子たちと知り合ったら、呼んでよさそうな子だったら声を掛けていたんだ。

三四郎が、そうだったんだよ。いや、心配することはまったくない。今のところ、五人かな？

皆、良い子だよ。

俺もたまに顔を出して、お菓子の差し入れとかしてる。おすすめの本を置いてきたりさ。うん、もしも将来俺が作家としてデビューできて、売れちゃったりして、余裕ができたらさ。今の離れをそういうふうに開放してもいいなって思ってる。

〈バイト・クラブ〉。

生活のためにバイトをする苦学生たちはもちろんだけれど、才能ある子供たちがそれをさらに伸ばせるような場みたいなものができたらいいかなって。じいちゃんがやっていたころはさ、そこで書道を習って、才能を発揮して書道の先生になった人もいるらしいからさ。

そういう場を一生やっていくなんてのも、いいなってさ。だから、今の〈バイト・クラブ〉にも顔を出して、いろんな話をしてる。小説とかデザインとか、映画とか主に創作関係のね。

で、気になったことがあるんだけど。

三四郎とは、どういう関係？　いや変なことを考えているわけじゃなくて、あいつが言っていたからさ。担任は、バイトしてもたぶん見逃してくれるから大丈夫って。蘭貫学院はバイト禁止だろ。担任がそれを見逃すってのはどういう理由なのかなってさ。

塚原六花　三十五歳
私立蘭貫学院高校教師

同じ町に住んで働いているんだから、いつかどこかでバッタリ会うかもしれないとは思っていた。それなのに、高校を卒業してから十七年間。まったく会うことはなかった。クラス会でもすれ違い。でも案外そういうものなのかもしれない。

高校時代に付き合った人。

正確には、高校二年生から卒業前までの二年間。そういう言い方をするなら、私の最初の男。尾道くんにとっても、私は最初の女。初めての人が尾道くんで良かったって、今でもそう思える。若気の至りなんていうことじゃなくて、本当に好きになって、そして身体を許し合ってもいいって思って、そうなった。

あれは高校三年生のとき。そして二人とも大学受験が終わった日。二人とも受かる自信があったとき。

違う大学へ行っても、絶対にこの先も離れたりしないって話した日。随分とロマンチックな話になってしまうけれど。

結局その後すぐに別れることになってしまったんだけど。今でも、嫌いじゃない人。どんなふうになっているのかなって思うこともときどきあった。会ってみると、随分と垢抜けた感じになっていた。

美術系の大学へ行ったのはもちろん知ってはいたけれども、グラフィックデザイナーなんていうオシャレっぽいカタカナの仕事をしているなんて。

高校時代の尾道くんは、どちらかと言えば熱い男だった。曲がったことが嫌いな正義漢。悪さをしている同級生たちと喧嘩《けんか》して停学になったこともあったっけ。知性派よりは肉体派。

そんな感じなのに、読書好きで小説なんか書いちゃう人。アンバランスといえばそうなんだけれど、そのアンバランスさがとても似合う人だった。そういう人を好きになったのは、どういうわけか、尾道くんが最初で、最後なのかもしれない。

私が大好きになる人は、どうしてなのか、小さい頃から年上の人ばかりだった。年上も年上の、学校の先生だった。

そう、先生。教師。

初めて意識したのは小学校四年生のとき。四年生から六年生までずっとクラス担任だった吉住《よしずみ》先生。吉住直人《なおと》さん。名前はもちろん、その姿も笑顔も何もかもはっきり覚えている。四年生だから、十歳かな。十歳の私が好きになったのは、その当時で三十歳だった吉住先生。いい先生。でも、今になって考えたら、どうかな。男性としては少し頼りない人だったかもしれない。

もちろん告白とかそんなことを考えるような年齢じゃなかった。今、教師になって子供たちのいろんな流行とか傾向とか、様々なことを考えるようになって思うと、今の小学生たちは私たちのときよりも、ずっと大人になっているんじゃないかと感じる。

大人になっているというのは、恋愛とかそういう方面だけに限るんだけど。

マスコミというか、マンガとかテレビの影響があるんだろうなぁと思う。私たちの世代もそういうふうに言われていたと思うけれど、今の子供たちはもっと顕著《けんちょ》になってる。ましてや、高校生を教えている今は、そういう方面の、悪い言葉で言えば毒気に当てられることも多い。

中学に入って、やっぱり先生を好きになった。一年生のときの担任の山本郁《やまもとかおる》先生。その当時で二十七歳。もっとも、山本先生はものすごく恰好良い男の人で、まるでアイドルスターみたいな顔をしていて、女子たちに大人気だった。

私もその一人だったんだけれど。

でも、顔で好きになったわけじゃない。やっぱりとてもいい先生だったからだと思う。人柄、そして包容力みたいなもの。

年上好みって言ってしまうとなんかあれだけれども。だから、生まれてから三十五年経ってしまったけれども、好きになる男の人は、尾道くんを除いて全員が年上。

それも、かなり上。そんな話は、誰にもしたことないけれど。


「三四郎とはどういう関係？」

え、どうしてそんな話を。

「いや変なことを考えているわけじゃなくて、あいつが言っていたからさ」

「言ってたって？　何を」

尾道くんが軽く肩を竦《すく》めた。そうだ、この人はあの頃からそういう芝居じみた仕草をよくしていて、それがとても似合っていたんだ。

「担任は、バイトしてもたぶん見逃してくれるから大丈夫ってさ。蘭貫学院はバイト禁止だろ？担任がそれを見逃すってのはどういう理由なのかなってさ」

そうかー、三四郎くん、尾道くんにそんなふうに話したのか。まぁ、しょうがないよね。信頼あってのことだものね。

〈バイト・クラブ〉か。話は聞いていたけれど、うん、三四郎くんはそういうところにいた方がいい。彼なりの居場所が、与えられるべき男の子だと思う。

「それはねー、言えない」

「何だよ」

尾道くんが笑う。言えるわけないじゃない。

「だって、バイト禁止なのにそれを見逃しているのよ。問題になるに決まっているじゃない。どうしてそれを堂々と赤の他人に話せるんですか」

「まぁ、そりゃそうか」

赤の他人なんかじゃない、とでも言いたいですか。まぁ確かにただの赤の他人じゃないですけどね。元は付き合った、恋人同士ですけれど。

「でもね、本来はバイト禁止だけれど、やっている子だってけっこういるの」

「いるのか、蘭貫学院にも」

「そりゃあいるわよ。いちいち処分していたらこちらの身が持たないから、見て見ぬふりしているの。よっぽど悪質というか、目に余るもの以外はね」

「そうなのか」

「私立ですからね。その辺は柔軟に」

でも、理由はもちろん、あります。三四郎くんのアルバイトを私が堂々と見逃している理由。まぁほとんどその理由は私の方にあるんだけれども。

三四郎くんは、私の秘め事を知っているんだ。それは偶然知ってしまったことで、三四郎くんが企んだことでもないし、調べたことでもない。偶然に、見られてしまって、そして理解されてしまった。誰にも言えない秘め事。それがバレてしまったら、たぶん私もあの人も学校にはいられなくなる。教師を続けられなくなるかもしれない。

しかも、向こうには家庭があるからそれを壊してしまうことにもなる。

三四郎くんはその全てを察して、黙っていてくれている。もちろん、三四郎くんにはそれを餌にしてバイトすることを黙っていてもらおうなんて考えはない。

そんなろくでなしの子じゃない。三四郎くんは本当にいい子。多少、世の中を斜めに見る傾向はあるけれども、それは頭の良い若者に共通するもの。若いときにかかるはしかみたいなもの。

それ以外は、そう、紳士。私の秘め事だって、それを知っても白い眼で見たりはしない。

「まぁ、二人の間には、ある出来事を通じて、生徒と教師という関係性を超えた信頼関係が出来上がっていると思ってください」

「なるほど。信頼関係ね。それは大事なものだ」

「そうよ。生きていく上でいちばん大事なものは何かって言ったら」

「信頼だな。愛なんかよりよっぽど有用なものだ」

有用、ね。そうよね。

愛なんて不確かなものよりも、信頼で成り立っている関係の方がずっと長持ちする。案外おしどり夫婦なんていうのは、愛情よりも信頼の部分が大きいんじゃないかしらね。

「私も変なことを考えているわけじゃないのだけれど、まだ独身なのね」

結婚したっていう話は、風の噂でも聞こえてこなかったし。

「独身だ。バツイチでもない」

「それはまた、どうしてなのかしら」

全然モテそうに見えるのに。

「まぁ、まったく何もなかったというわけじゃないけれど、縁がなかったというものだろうな。案外、結婚生活というものに向いていない男かもしれない」

「あ、そういう気《け》はあるかもね」

「あるか？　そう思う？」

「だって、女の子と遊ぶより自分の趣味で遊んでいる方が幸せでしょう？」

笑った。

「その通りだな」

「そういう人は、たぶん結婚には向いていないし、するとしてもそれを全部許してくれる人か」なかなかいないでしょうけど。

「でも、案外やってみて子供ができたら全然変わるってパターンもあるぜ。ほら、覚えてないかサッカー部の井上《いのうえ》。井上宏大《こうだい》」

「あぁ！　井上くん！」

「結婚したのは知ってるか？　大学のときの同級生らしいが」

「したっていう話は聞いた」

「もう子供がいるんだ。えーと、四歳ぐらいになるのかな？　女の子でさ。もう溺愛しちゃって今から将来が心配だって話」

あの井上くんが。サッカー部のスーパースターで、ハンサムで女の子にモテモテで、しかもいろんな子に手を付けては別れるなんてことをやっていた女の敵だったのに。

「じゃあ、子育てなんかも」

「ちゃんとやってるってさ。奥さんが感激してるぐらいに、何もかもやってくれるんだってさ」

それは確かに信じられないぐらいの変化だと思う。

「そういうことも、あるんだ」

「人は変われるというか、まぁある意味の成長か。大人になったってことじゃないのかね」

充分年齢的には大人なんだけどね私たちは。でも、気持ちは、心は全然成長していないようにも思う。それこそ、高校生ぐらいの頃から、何ひとつ変わっていない感じ。

「三四郎の様子を見にきて、この後は？」

「帰るだけよ？」

壁に掛かっている丸い時計を見た。

「三四郎は、今日はバッティングセンターでバイトが終わった後は〈バイト・クラブ〉に寄っていくそうだ。まだ時間があるから、晩飯でも一緒に食べて、その後に顔出してみないか？」

「そのカラオケ屋さんに？」

「そう、何だったらカラオケしていってもいいけどね」

筧 久司《ひさし》　五十八歳
〈カラオケdondon〉オーナー

金曜の夜が始まる。午後五時過ぎ。

駅からちょっと歩いて、住宅街の始まりにあるせいなのか、週末だからって極端に混むこともなく、まったく誰も来ないこともない。数人のお客さんがだらだらと居続けるって感じの日が多い。

そもそもこんなところにカラオケ屋を、それも狭い土地に四階建ての小さなビルを建てて始めたってやっていけるわけない、なんて言われたけどな。そうでもなかったよな。

ちょうどいいんだ。駅から帰宅する途中にあるし、その反対に駅に向かうのにもそれなりに近い。家から出て仲間内でカラオケするっていうのにもちょうどいいってんで町内会の皆さんが仲間内で集まることも多い。

我ながら、先見の明があったんじゃないかって思うよ。お蔭様で建築費用の借金も順調に返していって、暮らしぶりもまぁ裕福じゃないけど、ごくごく普通に暮らしていけるだけの収入はある。

子供がいないってのもあるけどね。子供がいたらそこに掛かる教育費なんかは本当にバカにならない。それは子育てをしてきた友人やご近所の皆さんから話を聞いて、大変だなぁといつも思ってる。

子供は欲しくないわけじゃなかったけど、できなかった。結婚してからわかったことなので、もうそれはどうしようもなかったし、できないからどうだってわけじゃない。惚れて好き合って結婚したんだ。絶対に死ぬまで一緒に生きていくと決めている。

その代わりというわけじゃなかったけれど、〈バイト・クラブ〉を実現するためには、良かったと言える点ではある。そういうふうに言うのはなんだけど。子育てのために四苦八苦していたら、とても実現はできなかったかもしれない。

妻の佳子《よしこ》が喜んでいるのが、心から良かったって思ってる。集まってくる子供たちのことを、本当に可愛がっている。

できることなら何でもしてあげたいとも言ってるけれど、そこはまぁ、一線を引かなきゃならないと注意はしてるんだ。

〈バイト・クラブ〉はあくまでもただの部活動みたいなもの。バイトしている高校生たちの、ある意味では放課後の部活。ただ、集まった皆で話したり歌ったりのんびりするだけの部活。

俺たちがやっていいのは、ただ子供たちに居心地のよい居場所を与えてやることだけ。そういう場所を持てた子供は、絶対に変な方向に走ったりはしないと思ってる。

俺がそうだったからな。

まぁもしもその他に俺たちが助けになれることがあるなら、やってあげてもいいとは考えているけどな。

「久司さん」

厨房の椅子に腰掛けて、まかないを食べ出した夏夫が呼んだ。今日のまかないは親子丼と豆腐と葱《ねぎ》の味噌汁。漬物は冷蔵庫にあるものを好きに出して食べていい。

「なに？」

「正直なところ、訊きたいんですけど」

夏夫の食べ方、箸の持ち方とか仕草とか、きれいなんだよな。

ずっと母親と二人暮らしだから、きっとお母さんがきちんとさせたんだろうけど。

そういうのを考えると、ヤクザの親分の情婦になったとはいえ、お母さん、志織《しおり》さん自身はきっときちんとした家庭で育てられたんだろうなと思ってるんだ。

それを、夏夫にもちゃんと教えて、今まで育ててきたんだよな。

「え、なに怖いな。なんの話」

「ここ、俺をバイトで使う余裕あります？」

ああ、そんな話か。

「何だよ、気ぃ遣ってるのか。そんなに儲かってもいないのにバイトに使ってるのを」

「俺もう長いですからね。ここ、どれぐらいの収入になってるかぐらい、大体わかりますよ」

まぁそうか。

夏夫、見た目はけっこうやんちゃに見えるけど頭はいいもんな。

「確かに儲かっちゃいないけどな。とんとんって感じか」

「とんとんなら、俺を使わなきゃ利益率あがりますよね」

「バイト一人削っての利益なんてそれこそわずかなもんだよ。長くやってるんだから、お前が一人欠けちゃったら俺と佳子二人だけで、どんなに忙しくなるかわかるだろ」

「そうすけどね」

三人だってギリギリなんだよ。正直もう一人欲しい。もう一人フルタイムで従業員がいると、全てのことに余裕ができる。まぁ暇なときには本当に二人でも多いぐらいなんだけど。

「なんでそんなこと急に訊いてきたんだ」

「いや、まぁ俺も三年生で来年になれば高校卒業しちゃうんで」

「あー、進路か」

「そうすね」

まぁ考えてはいたんだけど。夏夫がどうするかによって、こっちもいろいろ考えなきゃなって。

「今のところ、何をしようとしているんだ。就職するのか？」

「働くんなら、何でもいいんですけどね。ちゃんと働いて給料を貰えるところだったら。そしてすぐに一人で暮らしていける給料を貰えるところだったら」

ヤクザな親の金で暮らしてはいけない。ずっとそう言ってきたからな。一刻も早く独り立ちしたいってのはあるんだろうが。

「大学にだって行けるだろ。その気になれば」

「どこでもいいんならね。でも、大学って勉強するところじゃないすか。俺、何を勉強していいかまったくわかんなくて」

まぁな。そんなことわからずに、とりあえずなんとなく決めて行く奴も多いって思うけどな。

「とりあえず大学行きます、なんていう余裕はないもんな」

「そうすよ。まぁいろいろ手段はありますけど、自分が何も勉強する気がないのに行くのはそれこそバカじゃないですか」

「そうだなー」

そんなふうに思えるだけ、お前はちゃんとした男になれるよって思うけどな。まぁ世間がどう思うかはまた違う話なんだが。

学歴はあった方がいい。それはもう厳然たる事実だ。ただし、ろくでもない三流大学の学歴があったって、どうしようもないのも事実だしな。

高卒で働いたって全然まったく問題ないんだが、本人の気持ちがなぁ。

余裕があるんなら、自分がどんな仕事をやりたいのかを探すために、とりあえず大学に行くっていうのは、かなり安全な生き方なんだけど。

「このままうちでずっとバイトする、もしくは就職するっていう手もあるけどな」

「あるんすか」

「ないことは、ない」

うちだって一応はちゃんとした会社だ。

高校卒業した夏夫を、改めて正社員として、店員として雇うことはできる。

「ただ、お前のためを考えるなら、そうしない方がいいと俺は思ってる。こんなちっぽけなカラオケ屋の店員やって、いやそれが悪いってわけじゃないんだが、もっと何かできるだろうって思わないか？」

「何ができるかわかんないから、困ってるんですけどね。皆、どうやって自分の進路を決めてるんですかね」

そうだな。資本主義の国に生まれた人間の永遠の課題かもしれないよな。

「皆に訊いてみればどうだ？　どうやって大学行くか就職するか決めたのか」

「訊いてますけどね。結局は自分の意志なんで」

そうだよな。

焦る必要はない、ってことはないんだよな。もう決めなきゃならないんだ。進路によってはもう遅いぐらいだ。まぁ医者になるとか美大に進むってんでもない限りは、全然受験勉強も間に合うとは思うが。

「俺が思うに」

なんですか、ってこっちを見る。

実は夏夫、お前ものすごくいい男なんだよな。佇《たたず》まいがいいんだ。そして人目を引く印象的な顔つきをしている。それに、人と接することが自然にうまい。お客さんへの対応とか、どんな客商売の道に進んでも、成功できるぐらいの能力を持っていると思う。

それを生かすのは。

「自分の才能で勝負する世界とかに、興味ないのか」

「自分の才能？」

なんですか？　って顔をする。そういう表情も、すごくいいんだ。彼女がいないっていうのが不思議なんだよな。

「お前、俳優とかに興味ないのか」

「俳優？」

「役者だ。演技をする人間だ。舞台や映画やテレビの中で、演じる人間だ」

「いや、なんすかそれ。俺、そんなのは小学校の学芸会でしかやったことないですよ」

「大抵の人はそうだよ。学芸会で何やった」

「メロス」

「メロスって、〈走れメロス〉か？」

「そうですよ」

「スゴイものやったんだな小学校で。おまけにど真ん中の主役じゃないか。自分で立候補したのか？」

「いやいや、先生や周りに言われてやっただけで」

「だろ？」

才能って言葉はあんまり好きじゃないんだが、それは確実に存在するんだ。役者の世界ではさ。

「きっと先生も、クラスメイトもお前のそういう資質をわかっていたんだよ。お前は人目を引くし、演技をするのが巧《うま》いって」

ええぇ、って顔を顰める。

「いやな、俺、実は若い頃に劇団入っていたんだよ」

「マジすか。劇団？」

「本当に一時期だけだけどな。一応、役者として舞台にも立ったことはある」

「あー、だからっすか。筧さん、映画とかドラマとか大好きですもんね」

そうなんだよ。

「でもなんで俺が演技が巧いなんてわかるんです？」

「お前さ、どんなお客さんにもきちんとした対応できるだろう？　どれだけむかつく客でも、ピクリとも感情を表に出さないで普通の応対ができるんだよ。やってるだろ？」

「まぁ」

できますね、って頷く。

「それ、演技なんだよな。前から思っていたけど、お前演技をしているんだよ。自分では気づいていないんだろうけどさ」

「演技？」

そういうものなんだ。

自然に演技ができる人間と、できない人間がいる。それは持って生まれた資質ってのが大きいんだ。

「そういう資質を持って生まれた人間は、日常生活でもごく自然に演技をしているものなんだ。人当たりがいい人間っているだろ。ああいうのは自分でも気づかないうちに、演技のスイッチを切り替えてやっているんだ」

そういうものなんだ。

実際、巧い俳優なんて人は、どんな場合でもきちんと応対できるんだ。人見知りの俳優なんて実際にはいない。いたとしてもスイッチを入れれば人見知りじゃない自分を演出できる。

「態度のデカイ奴とかいるじゃないですか」

「そういうのは、売れてしまって勘違いしているバカだ。困ったことに人間有名になるとバカになる奴が多くてさ」

それはもうどうしようもないものだからな。

「とにかく、お前には華があるんだ」

「はな?」

「人前に立つことによって生まれる雰囲気、華がある。そして絶対に演技ができる。俺がお前の身内だったら劇団に入って役者やってみないか?　って絶対に言っていたんだけどな」

「俳優ですかー」

「ただな、そればっかりはな、やりたくもないものを無理にやらせるものじゃないし、何よりも役者なんて文字通り水商売だ。稼げる俳優になれるなんてのは、ミュージシャンや作家と同じでほんの一握りの人間のみだ。とにかく独り立ちするためにきちんと働きたい、なんていうお前に勧めるようなもんじゃないからな」

うーん、なんて考えてるけど。

「本当にな、これはバカみたいな話だから気にしなくていいんだけどな。ただ、お前はまだ高校生で、これから何にでもなれるし、どこにだって行ける。お前の可能性の大きさだけはとんでもなく大きいんだぞ、とは、ずっと言いたかった」

それは、皆にだ。世界中の子供たちに言いたい。言ってあげたい。そして言ってあげられる環境を作りたい。

まぁ、それもバカみたいな話なんだが。子供が自分の可能性を信じられない社会になっちまってるなんて、完全に俺たち大人の責任じゃないか。

「ま、どうしても、だ。どうしてもだぞ？　就職でも進学でもいいけど、どうにもならなくてにっちもさっちもいかない状況になっちまったら、このまま高校卒業しても雇ったままでいてやるから、そこだけは安心しておけ」

とりあえず、食うには困らないようにはしてやるから。


夜の九時過ぎ。

部屋は全部埋まっていて、食事をしたところの食器下げも全部終わってる。後は飲み物のオーダーや、灰皿を下げたりするだけの単純な仕事。

「夏夫、もう行っていいぞ」

「はい」

今日は〈バイト・クラブ〉の皆が来た。メンバー全員が集まる日ってのもあんまりないからな。

「これ片づけ終わったら、行きます」

「いらっしゃいませ」

入口のドアが開いたので反射的に二人で同時に言ってそっちを見ると、尾道くんがいた。

「よぉ、久しぶり」

「どうも」

後ろに、女性の姿。女性連れなんて珍しい。

「カラオケ？」

〈バイト・クラブ〉に顔を出しに来たのかと思ったけれど、女性連れならデートかと思ったが。

「いや、筧さん、こちら塚原さんと言うんですが」

女性が、こっちに向かって微笑む。会釈をする。

「覚えてませんかね。俺、高校時代の彼女の話をしたことあるでしょう」

「あの別れたっていう方？」

二人で苦笑いみたいなものを浮かべる。

「なんだい、再会したって話かい。焼けぼっくいに火が点《つ》いた？」

「いやいや、彼女、高校の先生になったんですよ。そして、三四郎の担任の先生なんですよ」

「塚原六花と言います」

「えー！　先生」

三四郎の。それはそれは。

「いやまさか見回りとかじゃないでしょうね」

たまにあるんだよね。高校の先生たちが、こういう場所を見回りに来ること。自分のところの生徒たちがおいたをしていないかって。

「違いますよ。塚原さんはちゃんと知ってますよ。三四郎がここに来てるっていうのを」

夏夫もちょっと眼を丸くして驚いて笑ってる。笑ってるってことは、夏夫は何か三四郎から聞いているのかな。

その夏夫を見て、塚原先生が何か微かに表情を変えた。

「あの、ひょっとしたら赤星高校の紺野夏夫くんじゃ」

え、って夏夫も、尾道くんも少し驚いた。

「そうですけど」

「知ってるの？」

こくん、と頷いた。

「お母さんを。夏夫くんにも、会ったことあるのよ。まだ小学生の頃だけど」

紺野夏夫　県立赤星高校三年生
〈カラオケdondon〉アルバイト

三四郎の担任の先生。

つまり蘭貫学院の先生。

塚原、りっかって言った？　りっか、ってどんな字を書くんだ。全然頭に浮かんでこないけど。

塚原先生？　俺と会ったことあるって？　全然わかんないんだけど。

「お母様、お元気？」

「はい、元気です」

元気だ。たまに風邪ぐらいは引くけれど大きな病気も怪我なんかもしたことないって言ってる。

今までの人生で入院したのは、俺を産んだときだけだって話をしたことある。

塚原先生が、ちょっと微笑んで皆を見回してから俺を見た。

「私、夏夫くんのお母さんとは高校が一緒なんです」

「そうなんですか？」

「え？」

尾道さんが驚いてる。

「高校？」

そうよ、って塚原先生が尾道さんに頷く。

「じゃあ俺とも同じってことじゃないか。え、夏夫のお母さんが？　誰？」

「尾道くんは知らないと思うな。先輩だから。紺野志織さん。私たちが一年のとき三年生だったの」

二つ下。

母さんの、高校の後輩。

「え、じゃあ尾道さんも母さんの高校の後輩ってことっすか」

「そうなるわね。尾道くんは面識はないだろうけど。志織さんは、高校時代は部活もやっていなかったから」

志織さん。

そう、母さんの名前は志織だ。

クラシカルな名前だって自分で言ってる。でも好きなんだって。俺の夏夫って名前は、夏に生まれたからっていうものすごくシンプルな命名。母さんが付けたって言ってるけど本当かどうかはわからない。もしもあいつが名付けたんならイヤになるけど。

そのうちに名前を変えてやろうかって思うけど。

「紺野志織さんか。確かに、全然知らない名前だ。先輩か。塚原は、何でその人と知り合いになったの」

「まぁ、たまたま、かな。実家もそんなには離れていないところだったし、同じバスで学校に通っていたし。だからと言って幼馴染みってことでもないけれど」

たまたま。

幼馴染みじゃないけど、一緒のバスに乗るぐらいには家が近所。

何となくだけど、少し言い難そうな感じで言ったから、あんまり人には言えない感じで知り合ったとか、出会ったってことなのか。

でも、小学校のときの俺には会ったことあるってことは。

それってひょっとしたら。

「すみません、全然覚えていないんですけど、何年生のときに会ったんですか？　俺と」

うん、って頷いた。

「まだ小学校の一年生ぐらいだったかな。あ、でも会ったことあるとするなら、まだ赤ちゃんの頃にも何度か顔を見たことはあるんだけど。初めてちょっとお話しするぐらいに長い時間会っていたのは、一年生とか二年生ぐらいのときだったかな」

「そうなんですか」

じゃあ、俺が赤ん坊のときに、家に来たことがあるってことかな。それとも外に出たときにバッタリ会ったとかか。

訊いてみるか。

「じゃあ、俺の父親のことも知っているんですか」

一瞬だけど、先生の眼に何かが浮かんだような気がした。ほんの一瞬。ちょっと躊躇《ためら》うのが、わかった。

「うん。知っている、かな。直接の知り合いってわけでもないんだけど、会ったことは、何度かあるかな」

そうか。

俺は父親の顔も知らないんだけど、塚原先生は知っていたのか。ってことは、塚原先生、母さんが俺の父親と知り合った頃のことを知っているんじゃないのか。

計算上は、そうなるよな。母さんが俺を産んだのは十九歳のときなんだから。

つまり、母さんと父親は、もう母さんが高校生のときに出会っていておかしくないんだし、そのときには塚原先生も母さんのことを知っていたんだから。

そうなるのか。

この雰囲気なら、俺の親父がヤクザだってことも知ってるよなきっと。

「夏夫くんは、ここでアルバイトしていたのね」

「そうなんですよ。もうずっとです」

そうだったのか、って感じで塚原先生はまた周りを見回した。全然豪華じゃないしむしろ庶民的なビルだけど、使いやすくて親しみやすいカラオケルーム。

全然儲かりはしないけれど、いいところだと思うんだよな。俺たちが〈バイト・クラブ〉ってここの七号室でのんびりまったりできるのも、ビル全体の雰囲気がいいからなんだよ。

けっこう、貴重な存在だと思う。こういうカラオケのビルも。

「志織さん、まだお仕事は保険の？」

「そうです。保険のおばちゃんやってます」

「家も替わっていないのかしら。私が知っているのは、本郷町の〈ミサキアパート〉だったんだけど」

「そこです」

二階の一号室。全然、俺が生まれたときから替わってない。家賃の安いボロアパートだけど、けっこう気に入ってるんだ。一階は車庫になっていて、二階の住人専用。

だから、部屋の下はうちの専用車庫になっていて、変わってるけど部屋から車庫に降りていけるんだ。

冬はちょっと寒いのが難点だけどさ。今は母さんの車が入っているけど、そのうちに自分で車を買って、そこに置きたいんだよな。

自分だけのガレージがあるって、けっこう貴重。悟なんかうらやましがっていて、うちの隣りの部屋が空いたら入居できないかなって真剣に言ってる。

三四郎、この塚原先生と親しいんだよな。

何かいろいろあって、三四郎がバイトしていることを見逃してくれているんだよな。話がわかる先生ってことだ。

「三四郎、今、来てますよ。俺もこれから〈バイト・クラブ〉に行くけど、一緒に行きます？」

尾道さんもときどき来てるんだから、元彼女の塚原先生が顔を出したっていいし、三四郎のこともよく知ってるなら他の皆も別に文句も言わないだろうし。

「ううん、遠慮しておく。今日はたまたま尾道くんとばったり会って、ここを見て行こうかって思っただけだから」

そうか。

「菅田くんによろしく言っておいて」

「了解っス」

塚原先生か。

ちょっと目尻が吊り上がってきつそうな感じだけど、猫みたいで可愛らしい雰囲気を持ってる先生。

三四郎の担任の先生は、こんな感じなのか。

そして、母さんと、親父のことも知っているわけだ。

尾道さんともけっこう似合っている感じだけど、なんで別れたのかね。

*

「え、塚原先生が？」

ベース抱えて練習してた三四郎に言ったら、ちょっと驚いてた。

「そう、来てた。もう帰ったけど。尾道さんと一緒に」

「尾道さんと？」

みちかだ。

「なんで三四郎の先生と、尾道さんが一緒に来るのよ」

「なんか高校の同級生で、その頃に付き合っていたらしいよ」

「え、本当に⁈」

みちかも由希美ちゃんもおんなじ感じで手を口に持っていって嬉しそうにして眼なんか真ん丸にして。

どうして女の子って皆おんなじポーズで喜んだり驚いたりするんだろうね。そしてどうして付き合っていたからって喜んでいるんだろうね。

「そう言ってたから、本当なんだろうな。まさかそんな嘘なんかつかないだろ」

そういう雰囲気もあったよ。玄関から二人で入ってきたときには、あ、彼女なのかって思ったからね。

「わかるじゃん、あれだよ。えーと、そういう関係になってる二人ってさ。単なる仲良しとかとは違うものを醸《かも》し出すじゃん」

「醸し出すって」

悟が笑う。

「カモじゃないよ」

「わかってるよ。わかるよ。あれ、あ、女の子の前ではダメだね」

「えーなに言ってよ。エッチな話？」

「いいか。そう、エッチな話だけど。車でガソリンスタンドに入ってきたカップルって夫婦とか恋人同士とかいろいろいるけれど。その、事前に致してきた二人ってすぐにわかるんだよね」

「致してきた」

笑った。

まぁ女子の前では気ぃ遣うよな言葉に。その辺のラブホテルとかでヤって帰ってきた二人ってことな。

「え、わかるものなの？」

「僕は、そんなふうに考えたことも、たぶんあんまりないし、そんな二人に遭遇したことも、ないか、な？」

三四郎はないか。

「雰囲気だよな。本当に」

「そうだね」

「まぁとにかく三四郎の担任の塚原先生と尾道さんは、高校時代は恋人同士だったたってことさ。今日の新情報」

「また付き合い出すとかじゃなくて？」

そこまではわからんよ。

「そういうの、何て言うんだっけ」

「焼けぼっくいに火が点く」

そう、それ。三四郎はマジ勉強できるよな。

「だったとして、二人とも独身なんだろうからいいんじゃないのか。あ、塚原先生って独身なのか?」

三四郎が頷いた。

「独身だよ」

「名前。フルネーム言ってたけど、どんな字を書くのか全然わからなかったけど、なんて字?」

「塚原は、普通の塚に原っぱの原。名前は、りっか、って言ったでしょう」

「そう、りっか、って言った」

「数字の六に花と書いて〈りっか〉って読むんだ。雪のことらしいよ。スノーの雪」

「雪?」

なんで雪が六の花。

「あ、雪の結晶が六角形だから?」

由希美ちゃんが言う。

「そうなんじゃないかな。塚原先生の親が、北海道の出身って聞いてるから、そういうのもあったのかな」

なるほど。

なんか、こうやって二人が並んでいるのを改めて見ると、由希美ちゃんと三四郎って雰囲気が似てるんだよな。

実は兄妹ですって言われてもそうかって思うぐらい。

赤ちゃんの頃からほとんど今までずっと隣同士で暮らしてきたら、こんなふうに似てくるものなのかな。

環境って、そういうものなのかね。

菅田三四郎　私立蘭貫学院高校一年生
〈三公バッティングセンター〉アルバイト

悟くんのカブの後ろにみちかさんが乗って、みちかさんの家まで送っていく。

カブはカブでもスーパーカブだから、二人乗り、タンデムって言うんだけど、それはオッケーらしい。

ちゃんとヘルメットもある。

バイクが好きな人って、ヘルメットが似合うと思う。いや、誰でもヘルメットなんだから被ってしまえば同じなんだと思うけど、何となく。

悟くんはもうあたりまえだけれど、みちかさんも、何となくヘルメットが似合う。いつかお金が貯まったら、自分でもバイクに乗りたいってみちかさんは言ってる。

夏夫くんと僕と由希美は、方向だけは同じだ。

いちばん遠いのが夏夫くんで、僕と同じで自転車で来ているけど、由希美がバスで帰るのでバス停まで三人で歩いていく。

「バス停からは？」

夏夫くんが由希美に訊く。

「歩いてすぐ。一分もかからないの。バス通りをそのまま歩いて二十秒ぐらい」

「二十秒って！　本当にすぐだな」

「そうなんだよ。バス停の目の前に内科病院があるんだけど、その病院の隣りにアパートがあるんだ」

バスを降りて走ったら、たぶん由希美の駆け足でも十秒も掛からない。

そりゃ便利だって夏夫くんが笑う。

だから、こんなに遅くなっても家まで送らなくても大丈夫なんだ。

あそこはこんな時間になっても大きな通りで明るいし、営業している店なんかも多くて車もたくさん通るし、人通りもある。

暗くて人通りも少なかったら、由希美を家まで送ってから僕も帰るようにしたけれど。

由希美がバスに乗って、それが走り出すのを手を振って見送ってから、二人で自転車のハンドルを持って歩き出す。

すぐに自転車に乗って走ってもいいんだけど、何となく二人で話しながら帰ってる。歩いても、三十分もかからないし。

「ベースって重くないか？」

夏夫くんが訊いてきた。

「重い。音楽やってる人って皆こんな重いの毎日持ってるんだね」

「バットは軽いもんな。塚原先生ってさ、なんて呼ばれてる？」

「女子は、りっちゃんって呼んでるね。男子は普通に呼んでるけど、中にはりっかちゃんって呼ぶのもいるかな」

「だよな、呼びやすいもんな〈りっか〉って」

そうなんだ。

「言ってたよ。それこそ学生の頃にはほぼ全員が〈りっか〉って呼んでいたって。先生たちも」

ちょうど僕が、皆が〈三四郎〉って呼ばれるのと同じように。

言ったら、笑った。夏夫くんの笑顔って、なんかカッコいい。まるで俳優さんみたいな感じに見える。

「そうだよな。ゼッタイに皆〈三四郎〉って呼んじゃうよな」

全然イヤじゃないけどね。

「塚原先生さ、俺の母親と高校一緒だったんだって」

「え？」

「さっき、皆には言わなかったけどさ。なんとなく」

高校が一緒。

「母さんが三年生のとき、塚原先生は一年生だったってさ。それで、俺が赤ちゃんのときにも会ってるって」

会ってる。

「え、じゃあ、ひょっとしたら夏夫くんのお父さんのことも」

「知ってるって言ってた。なんか言い難《にく》そうにしてたから、ヤクザだってことも知ってたんだろうな。そのときから」

そうなのか。

そんな偶然が。あの塚原先生が、夏夫くんのことを。

「母さん、俺を産んだのは十九歳のときなんだよ。だから、高校生の頃にはもう親父と知り合っていたはずなんだ。たぶんだけどさ」

十九歳で産んだ。

ざっくりだけど、十八歳の高校生のときに。計算上は、それでもおかしくはないのか。ないんだねきっと。

「思わず訊いちゃいそうになったけどな。親父とどうして知り合ったのか知ってますか、って。なんで止めてくれなかったんですか、なんて思ってしまったけどさ」

「そう、か」

高校生の女子が。

つまり、僕の同級生がヤクザな人と付き合い出すなんてことが。

「そういうことがあったんだね」

「たぶんだけどさ。や、全然ただの高校時代の知り合いで、詳しいことなんか知らないかも知れないけどさ」

それも、あり得るけれど。

「塚原先生が、お父さんのことを知ってるって、自分で言ったんだよね？」

「俺が訊いたんだけどね。知ってますかって。そしたら、なんか言い難そうにはしてたけど、知ってるって」

「じゃあ、きっと塚原先生は、いろいろ知ってるんじゃないかな」

「そうなのか？」

だと思う。

あの人は、きちんとしている人だ。自分の言葉には責任を持つ人。あやふやなことは言わないし、しない。

「訊いてみようか？」

「何を？」

「お母さんとお父さんのことを、塚原先生に。高校生のときに何があったのか、知っていたら教えてくださいって」

夏夫くんが、びっくりした顔をする。

「訊けるのか？　そんなふうに」

「訊けるよ。大丈夫」

全然平気そうだ。

「なんかいろいろある関係なんだろうけど、それは訊かない方がいいって前に言ってたな」

「そうだね」

それは、本当に誰にも言えない。

「でも、別に変な関係じゃないよ。ただ単に、生徒と先生じゃなくて、お互いに信用し合うような関係性になっているってだけ」

「そうか。いや別に俺もさ、そんなこと今更聞いてもどうにもなるもんじゃないんだけどさ。どうしてヤクザなんかと一緒になっちまったのかなって。母さん、なんていうか、弱い人じゃないのにさ」

「うん」

確かに、今もうこうして夏夫くんは、早く一人で生きていけるように頑張っているんだし、今更確かめてもどうしようもないことなんだろうけど。

「でも、確かめたからまた進めるってことはあるよね」

僕もそうだ。

父さんの会社が倒産したってときに、詳しい話をきちんと聞けた。聞いたからって何も状況は変わらないんだけど、少なくとも納得して、学校に通ったりバイトを始めたりすることはできた。

「だから、訊くべきだと思うよ。お母さんは何も話してくれないんだよね？」

「まったくな」

話せないのか。自分の子供に話せるようなことじゃないのかな。

弱い人じゃない、か。

母親って、皆強いものだと思うんだけど、母親になる前はやっぱり弱い人と強い人がいるものなんだろうかって思う。

「明日、塚原先生に訊いてみるよ」

「学校で？」

「少し話したいことがあるけど、時間取れますかって。大抵は大丈夫だから」

どこの学校にも似たようなのがあると思うけど、相談室っていうのがあって、そこは予約しておけば、いつでも先生と生徒が内緒で話すことができる。

「昼休みとか、休み時間とか、放課後バイトに行く前にちょっと話せるから」

たぶんないけど、相談室の予約が一杯だったら、塚原先生にバッティングセンターに来てもらってもいい。今日も突然来てびっくりしたから。

それで、よくわかんないけど、バッティングやってみたら好きになっちゃったから、また来るわって言ってたし。

あそこなら、受付は僕一人で、何もしていないときにはずっと話していられる。他に誰も聞いていないから平気だ。

＊

「バッティンググローブってあるじゃない？」

塚原先生がバッティングセンターの入口から入ってきて、まっすぐに受付に来て言った。

「ありますね」

「あれって、やっぱりスポーツ用品店に行けば売ってるもの？」

「売ってますよ」

ここにも、あります。売り物じゃなくて、中古のレンタルですけれど。

一応きれいにして干したりはしていますけれど、やっぱり革製品なので水洗いはできなくて多少匂いがついているので、使った後はきれいに手を洗うことをお勧めしています。

「え、買うんですか？」

にっこり笑う。塚原先生、笑うとやっぱり眼が釣り上がって、ますます猫っぽくなるんだ。

「なんか、気に入っちゃって。でも手のひらが痛くなるから、バッティンググローブするといいかなって」

まぁ元々テニスをしていたっていうから、スポーツウーマンではあるんだよね。塚原先生は。

「今日も打っていきます？」

「そうしようかなって」

「じゃあ、僕の使っていないバッティンググローブ、新品のがありますからあげますよ。僕はもう使わないので」

「いいの？」

いいです。

僕はそんなに手が大きくないので、たぶん大丈夫ですから。色も白だから、女性がつけてもおかしくないです。

「普通の手袋じゃダメなのよね」

「ダメってこともないですけど、滑ると危ないのでやっぱり革製で、しかも肌に密着するようなものじゃないと」

滑って危ないのは本人じゃなくて周りの人なんだ。でも、ここで打つ分にはケージがあるから一応は大丈夫だけれど、ひどい人はボールじゃなくてバットをホームランさせてボコボコにしちゃったりするから。

「やっぱりもう野球はできないのね。菅田くんは」

塚原先生がグローブを出すと、付けようとしながら言う。

「できないことはないです。バッティングセンターで少し打つぐらいなら何でもないですよ」

でも、中途半端にやると余計に危ないから。

「それで？」

両手にグローブを付けて、なんだか嬉しそうにして先生が言う。

「訊きたいことって、なぁに？」

「夏夫くんから、頼まれたんです」

唇を、少し曲げた。

「やっぱりその話ね」

「夏夫くんのお父さんと、お母さんの話。先生は、高校時代のお母さんのことをよく知っているんじゃないかって。どうして、二人は出会ってそういうふうになってしまったのかを知っているなら、教えてほしいと」

ふぅ、って息を吐いた。

「まさか夏夫くんが、〈バイト・クラブ〉にいたなんてね」

「びっくりしますよね」

頷いた。本当にしたと思う。まさか僕以外に知っている生徒がいたなんて。しかも、先生自身の知り合いの息子がって。

「そういうことなら、菅田くんは聞いたのね？　夏夫くんの父親が、やのつく人だって」

「聞きました。皆に話しているので、知っています」

「そっか。話しているのね」

「隠すつもりじゃなくても、後で知ってしまって変な思いをされるのは嫌だからって、言ってました」

うん、って頷く。

「会ったこともないそうです。うんと小さい頃に家にたまに来ていたおじさんがいたのは何となく覚えているけど、あれがそうだったのかな、って」

「顔も知らないのね」

「知りません。会いたくもないって言っていますけど、自分の母親がどうしてそんなことになってしまったのかは、知っておきたいって」

気持ちに、ケリをつけたいみたいな感じなんだと思う。

普通の人は、ヤクザの情婦みたいなものになろうなんて思わないはずだ。でも、なってしまう人は、いる。

「たぶん、夏夫くんはお母さんのことは好きなんだと思います。ちゃんとしている母親だって。でも、そういう人がどうしてっていう思いが、自分のいろんなものに影響を与えてしまっていて、それがたまらなく嫌なんだと思います」

僕を見て、小さく頷いた。

「そういうのが、わかるのね。菅田くんも」

「なんとなく」

夏夫くんにも言ったけれど、全然違う状況だけど、感じている気持ちは同じ気がする。それは、ひょっとしたら〈バイト・クラブ〉に来ている皆が同じように感じているもの。

先生が、ちょっと周りを見た。

「あ、どうぞ受付の中へ。椅子があります。コーヒーやジュースも飲めますから」

そこに座ると、椅子が低いから外からは見えなくなる。先生が、すぐ脇のドアから入ってきて、ちょこんと座った。

「志織さん。とてもきれいな人なのよ。高校時代からそうだった。夏夫くんを見ればわかるでしょう。整った顔をしているでしょう?」

「そうですね」

「母親似よ、夏夫くん。涼しい目元とか、きれいな顔形とか。志織さんね、伯父さんの家が喫茶店をやっていたの」

喫茶店。

「今はもうないわ。後継ぎがいなくて閉めちゃったみたい。小さなお店だったんだけどね。志織さんの家の近くにあって、高校生のときは、お休みの日とかお手伝いに行っていたのよ。それこそアルバイト感覚で。本人も、そういうのが好きだったのね。お店に立って、客商売をするのが」

そういう人か。

「小さい頃からきれいな人だったから、そこの喫茶店の看板娘みたいになっていたようね。長坂《ながさか》康二《こうじ》はね。それが名前よ。夏夫くんの生物学上の父親。当時はまだ幹部だったわ」

ながさかこうじ。

「単に、お客さんの一人だったの。そのお店の」

お客さんと、看板娘。

「何を気に入っていたのか、長坂さんはよく店に通ってきていた。でもね、別に擁護するわけじゃないけど、長坂さんはそういう人じゃないのよ。ヤクザだってことを隠してもいなかったけど、乱暴な人でもなかった。素人《しろうと》に、堅気《かたぎ》の人にどうこうするような人でもなかった」

先生も、その人をよく知っていたんだ。

「はっきり言って、志織さんの一目惚れみたいなものよ」

「一目惚れ、ですか」

「惚れちゃったのよ。長坂さんに。当時あの人は三十半ば、今の私ぐらいの年齢だったんじゃないかな」

「けっこう離れていたんですね」

そうね、って頷いた。

「そういうふうに言うのはなんだけど、アプローチしたのは志織さんの方。長坂さんは、無視していたのよ」

「無視、ですか」

「ガキが何を言ってるんだって。ヤクザに惚れるなんて愚の骨頂だって。それで、店に顔を出すのもやめたぐらい」

そうなのか。

「でも、結局はそうなってしまったんですね」

先生が、ため息をついた。

「そうなってしまったのね。家を出て、長坂さんの家に押しかけるようなことまでしたのよあの人」

「その長坂さんには、奥さんとかいなかったんですか」

「いたわよ」

いたんだ。

「ただまぁ、それも内縁みたいな感じだったんじゃないかな。結局内縁が増えたみたいになった。そして夏夫くんが生まれてしまった」

そんな感じだったのか。

「志織さんのために言うなら、運命の恋、ね」

「運命の恋」

「抗《あらが》えない、強い思い。ダメだとわかっていても、そこに向かっていってしまう。あの人は、そういう恋をしてしまったの。ただ、それだけ」

抗えない、強い思い。

わからないけれど。

「あの、先生。そこまで詳しいってことは、先生と志織さんは」

「親しかった友人よ。あの人が、長坂さんに惚れてしまったのを、最初から最後まで見ていたのは、たぶん私だけ」

坂城悟　市立一ノ瀬高校二年生
〈アノス波坂ＳＳ〉ガソリンスタンド　アルバイト

一瞬、あれ？　って思った。

でも次の瞬間、全然違うってわかったからすぐに思い直した。そもそもあんな車に、しかも後ろの座席に座っているはずもないんだから。

全然おっさんだし。

黒のクラウンだ。そんなに新しくはない、けっこう古い型だと思う。

古くても、クラウンってやっぱりいい車だから乗り心地とかもいいはずなんだ。もちろんまだ車の免許は持ってないから運転したことはないけれども、車好きな人は皆言ってる。冗談とかじゃなくて一度は運転してみたいって。

そして、黒のクラウンの後ろの座席に乗ってるのは大抵は偉い人。社長さんとか、会長さんとか、どっかの親分とかそういう人。

そういう車が後ろに人を、偉い人を乗せたままガソリンスタンドに給油には滅多に来ない。

大体は運転手の人だけ運転してきて給油したり車を洗っていったりするんだけど、今日は後ろに人が乗っているし、しかもその人が降りてきた。

一瞬、本当に一瞬だけどその雰囲気、佇まいっていうのかな。

夏夫に見えたんだ。

たまたま外に出てきた店長が、行こうとした俺の肩を叩いて「僕がやる」って言って自分でそのクラウンに向かって走っていって、給油をし始めたんだ。

店長の知り合いなのかもしれない。あるいは、お得意様とか。

夏夫に見えたおっさんは、普通の黒いスラックスに白いシャツだけを着ていた。細身で、髪の毛がさらさらして少し長い。そうだ、そういう頭の形とか体型が夏夫によく似ているんだ。

だから、一瞬見間違えた。

後から入ってきた別の車の給油をしながら、ずっと見てしまった。

ひょっとしたら、って思っていた。

クラウンの後部座席に乗っているような、夏夫に似た雰囲気のある男。

夏夫の、父親じゃないかって。

ヤクザの組長だっていう、父親。

確か名前は、長坂とか言っていたはずだけど。

そう思ったら、どことなくヤクザっぽいような気もするし、運転している男なんかいかにもそんな感じだったし。間違いないのは、普通の会社の社長とかじゃ絶対にない雰囲気。

店長と何か親しげに話している。給油が終わったら、事務所に一緒に入っていった。どんな話をしているのか、何で事務所に入っていったのか知りたかったけど、そういうときに限って次々に車が給油に入ってくるんだ。

窓を拭いて、灰皿の中の吸い殻を捨てて、給油をして。本当にひっきりなしに車が入ってくるから、それだけでもう手一杯になってしまう。

そのうちに、いつの間にかクラウンも出発してしまっていた。

*

ずっと気になっていた。クラウンの男。

たぶん、夏夫の父親だと思う。同じ街に住んでいるんだから、うちのガソリンスタンドに来たっておかしくはないんだ。

でも、店長と親しそうだったのもすごい気になる。

うちのGSは、ちゃんとした会社が経営している。

暴力団とかヤクザなんかまったく関係ない。会社自体が大企業だからそんなのが関係してくる余地なんかまったくないはず。

でも、うちのスタンド自体は小さいんだ。売り上げも特別いいって話は全然聞いていない。一応は大きな通り沿いにあるからずっと車は入ってくるけれど、この通り沿いにGSはけっこう他に違う会社のものもあるから。

そんなんで、ヤクザとか暴力団とかの獲物になってしまう店もあるって話は、聞いたことがある。一緒に働いている大国《おおくに》さんとかから。

商店街があるんだ。飲み屋街なんかもある。うちのGSから一本向こうの通りになっているけれど。そこのお店から、暴力団が金を吸い上げていて、潰れてしまったりするところもあるなんていう、商売関係の話をよくしてくれるんだ。

基本、GSなんてところは大きな会社だからそういうのはあまり関係ないけれども、お前も将来自分で商売をするなんてときには、いろいろ考えろよ、なんて話。

だから、すごく気になってる。

GSの営業は九時まで。

少し延びることもあるけれど、今日は八時半過ぎからずっと暇で片づけもはかどったので九時ちょうどにはもう営業終了のチェーンを張った。

九時の閉店になって事務所にもう俺と店長しかいなくなってから、訊いてみた。

河野《かわの》さん。いつも店長って呼んでいるけれど、河野良純《よしずみ》さん。家が隣り同士だから、祖父ちゃん祖母ちゃんともずっと昔からお隣り同士。

俺が祖父ちゃん祖母ちゃんの家に来た赤ちゃんのときから、ずっと知ってる。

一緒に帰れるときにはいつも店長の車で帰っているから。

「店長」

「うん？」

「今日の夕方過ぎに来た、古いクラウンに乗っていた人なんですけど、知り合いなんですか？」

カウンターの中に入って売り上げを確認していた店長が、顔を上げる。現金はいつも最後に銀行の夜間金庫に入れてから帰るんだ。

「クラウンの？」

「そうです」

クラウンなんて滅多に来ないから、覚えていないはずがない。

そもそもGSで働いている人たちは皆車好きばかりだから、ガソリン入れに来た車のほとんどがわかる。

珍しい車が来たら、皆で後からその話ばかりしたりするんだ。この間は、めちゃくちゃ古いポルシェが入ってきて、あれは一体何年の型だって皆で事務所に置いてある車の雑誌なんか引っ張り出して調べた。

「え？　どうして？」

不思議そうな顔をしてる。そのまま裏の出入り口から帰るから、歩き出して俺がドアを開ける。外の空気が、ぶわって入り込んでくる。ここはいつも風が吹いてくるから、雨の日なんかは傘をまず開いてからドアを開けるんだ。

「いや、後ろに乗っていた人、前にどっかで見たような気がしたので誰だったかなーって思っただけなんですけど」

半分嘘で半分本当。

どっかで見たようじゃなくて、夏夫に雰囲気が似てる、だけど。

店長が、鍵を閉める。停めてある店長の車に向かって歩き出す。何だか少し困ったような表情を浮かべて俺を見て、首をちょっと捻った。

「どこで見かけたのか知らないけど、別に誰でもいいじゃないか。悟くんには関係のない人なんだから」

車のドアを開ける。店長の車は日産のスカイラインだ。けっこう好きな車だ。もう少し昔のもののならもっと好きだけど。

助手席に乗り込む。もうずっとそうだから、ほとんど自分の家の車に乗っていくような感覚。店長の奥さんは病気で亡くなっていて、娘さんの貴恵《たかえ》さんは大学生で電車通学。だから、この車に乗るのはほとんど店長と俺の二人。

乗りこんで、店長がエンジンを掛けたときに、あ、って口を開いてから助手席の俺を見た。

「ひょっとして、悟くん。どこかで見たって、友達のところで見たとか？」

「あ、そうなんです」

またちょっと嘘をついてしまった。自分でも知らなかったけど意外とこういう場面でアドリブがきくんだってわかった。

新しい自分の発見かもしれない。

「違う高校の友達なんですけど、そういえばそうです。紺野って言うんですけど、そいつのところで見かけたのかもしれない」

店長が今度は、あぁ、って感じで口を開いたまま頷いた。

「紺野くんって、夏夫くんだね？　紺野夏夫くん」

「そうです！」

「そうか、悟くん、夏夫くんと友達だったのか」

夏夫のことを知ってるんだ店長。

うん、って頷きながら、車を出す。このまままずは近くの銀行へ。そこに夜間金庫があるから現金の入った袋を入れてから、帰る。

「じゃあ、やっぱりそうですよね。あの人ヤクザの」

店長が、しーっ、って感じで指を一本立てて口の前に出した。

「そんなはっきりと声に出さないように。そういう人の名前とか素性とかを、そんな簡単に口にしちゃ駄目だよ」

「あ、すみません」

「そこまで知ってるってことは、悟くんは夏夫くんとは親しいのかい」

「親しいです」

はっきり言っておく。知り合ってまだ全然短いけど、バイト・クラブに集まった皆とは、親しいと思ってる。

何でも話をしている。

ヤクザな父親のことをあいつがどう思っているかも知っているし、将来どうするなんて話もしている。

不思議だけど、本当にそれが不思議なんだけど、あの部屋で会って話し始めた瞬間から皆のことを親しい友人になったたって思えた。

「どこで夏夫くんと知り合ったんだい？　学校が違うなら、会うことなんかないだろうし」

「あ、部活です」

そういうことにしてる。

バイト・クラブだから。

僕たちの自主的な部活動なんだってことにしておけば、そういうふうに言えば変なふうには思われない。

「でも店長、すみません謝ります。二つ嘘をつきました」

「嘘？」

ハンドルを回しながら店長が驚いた声を出す。

「どこかで見た気がしたって言いましたけど、なんか全体の雰囲気が似ていて一瞬夏夫だって思っちゃって。そういえばヤクザの父親がいるなって、ひょっとしたらって思って」

「カマを掛けたのか僕に」

「すみません。本当に気になっちゃって」

笑った。

「で、もうひとつの嘘っていうのは？」

「嘘というか、部活だけど、普通の部活じゃないです」

「そうだよね。悟くんは部活なんかしていないものな。いや、文化部とかでバイトに来る前にやることにしたのかなって、一瞬思ったけど」

バイト・クラブのことを他人に説明するときには、ちょっと話が長くなる。

そして他人にあまり教えないようにはしているけれど、店長なら大丈夫。

そんなふうに考えないようにはしているけど、親代わりみたいな感じなんだ。店長もそう言っているし。祖父ちゃん祖母ちゃんもそうだ。

だから、何でも話すようにしてる。バイト・クラブのこともいつか話そうと思っていたけれど。

＊

「なるほど、一緒に帰らない日はどこに行くんだろうって思っていたけど、そういうことがあったんだね。バイト・クラブか」

「そうなんです」

〈カラオケdondon〉は店長も知っていた。行ったことはないけど、評判のいいところだっていうのは知っていた。

「うん、いい話だね。〈カラオケdondon〉の筧さんか。今度カラオケに行く機会があったら、そこへ行ってみようかな」

「あ、そうしてください。いいところですよ。こぢんまりして、清潔感あるし、親しみやすい感じで」

そんなにたくさんカラオケに行ってるわけじゃないけど、すごく雰囲気がいいところだと思ってる。

「しかし、縁なんだね」

「縁、ですか」

「僕が生まれたときから知ってる夏夫くんがそこでバイトしていて、同じように赤ちゃんのときからずっと隣りで暮らしてきた悟くんと友達になるなんてさ。まさしく合縁奇縁《あいえんきえん》ってもんだ」

「そういうものなんですかね」

話が長くなるんだったらって、家に帰る前にファミレスに寄った。

晩ご飯はいつも帰ってから食べるから、ファミレスから祖母ちゃんに電話した。ちょっと店長と話があってファミレスに来てるから、小一時間ぐらい遅くなるからって。もちろん店長も電話に出てくれた。

お腹が空いているけれど、祖母ちゃんがご飯を作っておいてくれているし店長も家でご飯を食べるから、二人でピザを一枚取って、後はコーラとコーヒー。

これぐらいならおやつみたいなもんだから、全然大丈夫だ。

「そう」

店長がピザを一切れ齧《かじ》ってから言う。

「あのクラウンに乗ってきた男は、夏夫くんの父親だよ。名前は聞いてる？」

「長坂さんって」

「そう、長坂康二だ」

「やっぱりそうだったんですね」

思い出しても、顔の中身っていうか、目鼻立ちだっけ、そういうのは全然似ていないけれど、雰囲気が本当にそっくりだった。

「でも、店長も、夏夫の名前まで知っていたってことは、かなり親しいんですか、あの人と」

ヤクザの組長さんと。

店長が、ちらっと回りを見る。後ろの席にも前の席にも人が座っていない。確かに、大声では話はできないよね。

少しだけ、声を潜めるようにした。

「別に秘密ではないけれども、わざわざ広めるようなことではないからね。言わないようにね」

「はい」

わかってます。

「僕は、あいつと同級生だったんだよ。小中とずっと一緒だった。何故かクラスもずっと一緒でね。高校は違ったけれど、幼馴染みと言ってもいいぐらいの、古い、親しい友人だよ」

同級生か。小学生から一緒なら確かに幼馴染みかも。

そして、高校も行っていたのかあの人。

なんか不思議だった。ヤクザなんて全然学校なんか行かない人みたいなイメージあったけど。

「夏夫くんのことも、知っているよ。彼が生まれたときからね。もちろん夏夫くんのお母さんとも会ったことがある。お母さんと親しいわけではないけれどもね」

「そうなんですね」

「お母さんは、きっと僕のことは知らないだろうな。あいつもそういうことを、自分にこんな友人がいるとか、そういうのを奥さんとはいえ、他人に話すような奴じゃないからさ」

店長がコーヒーを飲む。ピザをもう一切れ取った。

「残りは悟くんが全部食べていいよ。大丈夫だろ？　これぐらい食べても晩ご飯食べれるだろう？」

「平気です」

運動部じゃなくても、男子高校生の食欲を嘗《な》めてはいけない。そもそもGSのバイトだって体力勝負だ。

「で、あのね悟くん」

真剣な顔をする。

「友達の父親だってわかったからって、今後あいつに会ったとしても、話しかけたり知ってるふうにはしないようにね。来ないとは思うけれども、もしうちのスタンドに来たときも」

「はい」

「確かに僕の友人なんだけれど、あいつは、わかるよね？　組長なんだよ。はっきり言ってとんでもないことを、警察に捕まるようなことをたくさんしているような奴なんだ。僕がその内容を全部知ってるわけじゃないけれども」

だと思ってる。

ヤクザなんだから。

「僕が親しくしているのは、今のあいつがどんなことをやっていようが、僕の中では、それはお互いにだけど、昔から気のいい奴なんだって知ってるからだよ。昔を知ってる友人だからね。それはきっとわかってくれると思う。それこそさ、悟くんも今の親友が将来悪いことをして刑務所に入るようなことをしてしまったとしても、あいつは友人だからって思えるだろう？」

「たぶん、思います」

刑務所に入ったんだったら、差し入れぐらいするかもしれない。

「僕もそうなんだよ。でも、普段は絶対に会うこともないし、あいつの方から連絡してくることもない。それは、あいつもわかってるからだよ。自分みたいな男が友人面したら、僕に迷惑をかけるからってね。実際会ったのは何年ぶりかな。十年ぐらい会っていなかったかもしれない」

そうなんだ。

じゃあ、ヤクザでもちゃんとしたっていうか、そういうのがわかっている人ではあるんだな。

「今日、わざわざガソリン入れに来たのはね、大事な用事があったから。ああいう連中だって車を使えばガソリンも入れに来るだろう？　何もおかしなことじゃないから、それを誰かに見られたって、話をしていたって僕に迷惑を掛けることもないからだよ。だから、直接来たんだ」

「どんな用事があったんですか？」

「それはね」

ちょっと悲しそうに息を吐いた。

「同級生のね、ずっと仲が良かった奴が死んだんだ」

「友達、ですか」

そう、親しい友人だったって。

「いやもちろんそいつは普通の男だよ。向こう側の奴じゃない。普通の会社員だった。病気でね。ガンだったみたいだ。まだ五十代なのにな」

「若いですよね、まだ」

五十代は、俺たちにしてみるとすごい年寄りだけれど、世間的にはまだ充分若いっていうのはわかる。死んでしまうなんて、早過ぎるって。

「長坂はね、そいつの葬式にも行けないから代わりに香典を頼むって、僕に持ってきたんだよ」

お香典か。僕はまだ友人の葬式なんか経験してないし、そもそもお葬式にも行ったことがない。

「え、でもお香典を頼むってわかんないですけど」

電話一本掛けて、後で渡すから頼むよっていう感じで済むんじゃないかって。

言ったら、うん、って店長も頷いた。

「普通は、そんなふうにできるね。でも、あいつが渡したい香典の額が半端じゃなかったんだ。普通の百倍ぐらいの感覚で」

「えっ、すごいですね」

香典に幾ら包むのか全然わかんないけど、その差はすごい。

「それは、あれですか。長坂さんとその亡くなった人は、店長よりも親しい間柄だったからってことですか」

「それもあるけれど、残された奥さんと子供のためにってことだね。子供はまだ小さいんだあいつんところは」

それは確かに大変だ。親のいない子供が苦労するのは、身にしみてわかってるつもりだし。

「でもそのお金って、あの人がヤバいことをして稼いでいるお金なんでしょう」

店長が唇を歪《ゆが》めた。

「そういうことになるだろうね。だから、あいつが頼んできたのはそのお金を小分けにして、他の友人たちのそれぞれの香典に加えて、気づかれないようにしてやってほしいってことなんだよ。その話を今日しに来ていたんだ」

亡くなった人が、ヤクザからたくさんの香典を貰っていたっていうのが、誰にもわからないようにするためか。亡くなった人はわからないけど、残された奥さんとかが変に、なんだっけ、邪推とかされないように、か。

「なんか、長坂さんって普通にいい人じゃないですか」

ヤクザなんて、どんだけひどい人間なんだろうって思っていたんだけど。

「そういう男なんだよ。長坂はね。そして、どんなに汚いことで稼いだ金でも、何も知らない他の人にとってはただのお金。正しく使ってもらえればそれでいいんだよ。悟くんも前に、お母さんの送ってくる金は、客を酒でだまして稼いでいるみたいな金だって嫌がっていたことあったよね」

ありました。そういうことがわかるようになったときに。ホステスなんて客をだまして金を稼いでいるみたいなもんだって。

そういうことか。

でも、お金は、お金だから。

「だからまぁ」

店長が、少し笑みを見せた。

「さっきも言ったけど、夏夫くんとそういう話をするのは構わないし、今日のことも話してもいいけれどさ。長坂のことを、他の人と話したり気にしたりは絶対にしないように。決してかかわりになってはいけない類《たぐ》いの人間だからね」

かかわりになってはいけない人間。

「どうして、そんな人間がいるんですかね。この世に」

まただ。そんな話をするつもりなんか全然なかったのに、口をついて出てしまった。

店長が、驚いた顔をしている。ちょっと首を捻った。

「どうしてなのかね。人間っていうのがそういう生き物なんだろうって思うしかないのかな」

「そういう生き物って？」

うーん、って唸る。

「スズメって、益鳥《えきちょう》だって知ってる？」

益鳥。

「虫を食べてくれるから、人間の役に立ってるってやつですよね」

「そう。スズメは稲につく虫を食べてくれるから、人間にとっての有益な鳥だから益鳥。でも同時にスズメは実った米を食べてしまう害鳥でもあるんだよ。そういうものなんじゃないかな人間も」

ある人にとっては役に立っても、違うところにいる人には害になる人、ってことか。わかるような、わからないような。

「そういう人たちが役に立つって思ってる人たちも、普通の人たちにとっては害になるような人なんじゃないですかね」

うーん、ってまた唸った。腕を組んで、考えてる。

「簡単には答えのようなものを出せない話だね。考えてもしょうがないことだって言えるし、それを考えることが有意義になっていく人もいるだろうし」

「そうですよね。考えてもしょうがないですよね」

そうだね、って言って少し笑う。

「夏夫くんは、元気でやってるのかな?」

「元気ですよ」

あいつは、いつでも元気だ。

落ち込むことってほとんどないって言ってる。そもそも自分の生まれがヤクザの息子ってことでどん底みたいなものだから、それ以上落ちようがないから後は上がるだけ、なんて言ってる。

でも、きっとバイト・クラブの中では、いちばんさみしがり屋だと思う。仲間が増えるのが楽しくて嬉しくてしょうがないみたいだ。

「長坂さんと、夏夫の母親って、なんでそういうことになってしまったのか、店長は知っているんですか」

少し首を傾げた。

「僕が長坂とよく会っていたのは、高校ぐらいまでだからね。志織さんと出会った頃のことは、まるで知らないんだ」

そうか、そうですよね。

「夏夫くんが、言っていたんだろう？　どうしてあんな男とくっついて俺を産んだんだ、とかそういう感じで」

「そうです」

「話を聞いたら違うとは思うけど、夏夫くんはそれでグレたり、何ていうか非行に走ったりとかはしていないんだよね」

「してませんよ。ただ、どうしてそんなことになってしまったのか、理解できない感じです」

僕も、わからない。皆わからない。

バイト・クラブに来ている皆、そうだ。親がどうしてそんなことになってしまったのか、理解できないって思ってる。

「悟くんも、そうだもんな。お母さんのことを」

「まぁ、そうですね」

納得はしているけれど、理解できない。

なんでそんなふうになってしまっているのか。

「でも、今日話した長坂の話、聞いたらそんなに悪い男じゃないじゃないかって、思うだろう？」

「思います」

友達のことをちゃんと思える男。自分が悪いことをしているってわかっている。そして、何だっけ、わきまえている？

「長坂の場合も、家庭環境が複雑でね。そのせいなんて言ったら、もっと複雑な家庭環境でも立派に育って、ちゃんとした人だってたくさんいるんだから、言いわけにしかならないだろうけどさ」

「そうなんですか」

「話せば長くなっちゃうし、そうなっているのは全部あいつの選んだ道だけどね。あいつは高校中退して、組に入ったんだ。そのときのことはよく覚えている」

「話したんですか。そのとき」

大きく頷いた。

「もう会うこともない、ってね。街で会っても声を掛けるな。俺なんかいなかったことにしろってさ。迷惑掛けるようなことは一切しないからって。でも、俺みたいな人間じゃないと解決できないようなことに遭ったら、いつでも言ってこいってね」

ヤクザじゃなきゃ、解決できないような問題になんか巻き込まれたくないけど、そうなってしまうこともあるかもしれない。

「そういう奴なんだ。そして、ひとつ確実に言えることは、あいつは志織さんのことを大事にしているし、夏夫くんのこともちゃんと息子として大切に思っている。それこそお金だって、充分なものを渡しているはずだ」

そんな話もしていたっけ。でも、ヤクザの金で暮らしたくないって夏夫は頑張っているんだけどさ。

「夏夫くんに言っておいてよ」

「何てですか」

「今の話を全部していいよ。そういう男なんだって。だからって何もかもが許されるわけじゃないけれど、夏夫くんはあいつを父親に持ってしまった。だから、割り切っていいんだって」

「割り切る」

そう、って頷いた。

「そういう境遇に自分を置いた男をとことん利用して、立派に育てばいいんだって。あいつは、夏夫くんが望むなら大学だって行かせる。金のかかる医大にだって通わせるよ」

いや、夏夫は医者になんかならないと思うけど。

「さんざん脛《すね》をかじったって、迷惑を掛けたって、長坂はそれで夏夫くんに何かを求めたりしない。志織さんのことを責めたりもしない。黙って、自分の責任を果たすよ。夏夫くんが、一人立ちするまでね」

渡邉みちか　県立赤星高校二年生
〈ロイヤルディッシュ〉ファミリーレストラン　アルバイト

「ただいまー」

「おかえり」

玄関を開けたらすぐに台所。

なみえちゃんがお風呂上がりで頭にタオル巻いたままテーブルのところでお水飲みながら小さなテレビを観ている。ほぼ毎日の、私が帰ってきたときのいつもの光景。

テレビは居間に大きいのがあるんだけど、なみえちゃんは何故かこっちの小さいのを観てることが多い。まぁ二つあると観たい番組が違うときに便利なんだけどね。

そして私の母方の祖母は〈お祖母ちゃん〉と呼ぶと機嫌が悪くなる。名前のなみえちゃんと呼んでほしいって。

可愛いんだ。分かる、私もきちんと名前で呼んでほしいって思うし。でもなみえちゃんって呼び出したら「じゃあお母さんは？」ってことになって、お母さんは私のことを〈みちか〉って呼び捨てにするから「じゃあ、さより？」って言ったら、さすがに呼び捨てはないだろうってことで〈さよりちゃん〉になった。そして私のことも〈みちかちゃん〉とちゃん付けになった。

私が小学校一年生の頃の話だ。まだ、お父さんも一緒に暮らしていて、なみえちゃんも一緒に暮らし始めたとき。じゃあお父さんは〈健司《けんじ》ちゃん〉って呼ぼうかという話はまったく出なかったのは、どうしてなんだろうってちょっと思ったけどね。お父さんは、そのままお父さんだった。人呼んで〈ひらがな三世代〉。

なみえ、さより、みちか。

なみえちゃんがひらがなだった影響もあるとは思うけど、合わせたわけじゃない。

「さよりちゃんは行ったの？」

「今日は大丈夫だったよ」

「うん」

さよりちゃんは食品加工工場の夜勤。この後朝方の三時まで。

その方が時給は確かにいいんだけど、やっぱり身体に応えるっていうか、規則正しい生活ができなくなることが多いから止めていたんだけど。最近は調子良いからってまた夜勤と日勤の繰り返しに戻ってる。

無理しなくていいんだけど。なみえちゃんもスーパーのパートやってるから、なんとかなってるのに。

台所の奥に居間とあと二部屋。お風呂とトイレ。2LDKっていうとカッコいいけど、そんな感じじゃないただの木造のアパート。

けっこう古いけど、大家の天野《あまの》さんがものすっごく優しくてきちんとした人で、アパートの補修とかも嫌な顔せずやってくれてるし、入居者もちゃんとルールを守れる人を選んでいるって言ってて、だからうちのアパートは小奇麗。古いけれども、きちんと手入れされているアパート。

八畳間がお母さんとお祖母ちゃんの部屋アンド寝室で、六畳間は私の部屋。一応、学生だからね。ちゃんと勉強できるように一人で部屋を使わせてもらってる。でもまぁ居間もほとんどお母さんとお祖母ちゃんの部屋になっているけれど。

だから、とてもお客さんをお迎えなんかできない家。お客さんなんかめったに来ないけれど。もしも私の友達が来たいって言ったら、台所も居間も突っ切ってソッコーで私の部屋に入ってもらうけど。

バイトを始めてから家で晩ご飯を食べることがほとんどなくなってしまった。毎日毎晩まかないで〈ロイヤルディッシュ〉のメニューを何か食べることができるから。

なので、太ってしまった。

めっちゃ困る。困ってる。

なるべくカロリーの少なそうなものを食べるようにしているんだけどさ。でも、美味しいんだよねうちのメニューなんでも。

生活のためにバイトしている苦労している高校生なのに、太るってどうなんだって。しょうがないよね飲食業なんだからさ。まかないあってのものなんだからさ。

まだまだ育ち盛りなんだから平気だよってなみえちゃんは笑うけどさ。太るのは簡単だけど、痩せるのはすっごいムズカシイんだからね。

家で、さよりちゃんの作る晩ご飯を食べられるのは、土日ぐらい。土日は、昼間のシフトに入らせてもらっているから、夜は家に帰ってきて食べるからね。

でも、内緒なんだけど、うちのメニューをパック詰めして貰ったりもしているんだ。食費少しでも浮くだろうって店長が許してくれて。

だから、家でも家族で〈ロイヤルディッシュ〉のメニューを食べるとかあるんだけど、そういう生活が続くようになってから、さよりちゃんの作る普通のご飯がすっごく恋しいって思うことがある。

ただのお味噌汁が美味しかったり、普通のカレーライスが涙出るんじゃないかってぐらいに優しい味だったり。私は高校生にして既に故郷の実家の味を懐かしむ大人の気持ちがわかるようになってしまっているんだ。

部屋で着替えて、さて私もお風呂入ろうと思ったら、玄関が開いた。

「ただいま」

「あれ？」

さよりちゃん帰ってきた。

「どうしたの？　具合悪くなった？」

まだ全然帰ってくる時間じゃない。なみえちゃんも心配そうに腰を浮かせた。

「違う違う」

手を振って苦笑しながら、靴を脱いで上がってくる。

「シフト間違い」

「間違い？」

「向こうの間違いで人が余っちゃったの。だから、帰ってきちゃった」

「そっか」

まぁ良かった。本当に無理しなくていいんだから。

「あ、先にお風呂入っていい？　晩ご飯は？」

「食べたから大丈夫。みちかちゃんお先にどうぞ」

うん。

女だけの暮らしって、楽でいいってホントに思う。

自分たちで全部できるし、お風呂とかもなんにも気にしないで入ってパジャマとかで、夏なんて下着のままで出てこられるし。そういうことするとはしたないってなみえちゃんに怒られるけど。


この間、台所に置いてあるテレビが映らなくなって買い替えたんだ。最新型の小さいの。うっすいテレビ。でも画面が大きくなって見やすいって皆喜んで、それもあったけど、何故か居間の大きいテレビより台所のテーブルについて三人でそのテレビを観ることが多くなっちゃった。

まぁお茶を淹《い》れたりおやつを用意したりするのが台所で、そのまま食卓についちゃうっていうのがいちばんなんだろうけど、居間の立場はって。

これも三人なんだからだよね。食卓に四人ついちゃうとめっちゃ狭いけど、三人ならちょうどいいんだ。

明日は土曜日。学校は休み。三人とも仕事があるけれど、夕方には終わるから晩ご飯は家で食べられるし、今日は少し夜更かしもできる。

「明日の晩ご飯、野菜の天ぷらとお蕎麦《そば》でいい？」

「やったー」

揚げ物とかは手間が掛かるから本当に休みの日にしかしない。

「冷たい蕎麦ね？」

「そう」

「白いご飯もちょっと欲しいね」

なみえちゃん、ご飯と天ぷら好きだものね。天ぷらに醬油をつけて食べるの。

「じゃあ一合だけ炊こう」

「お味噌汁もね。豆腐がいいかな」

「じゃあみちかちゃん明日豆腐買ってきて」

「オッケー」

テレビを観ながら、他に必要なものはないかって話をしたりする。もう三人の暮らしがあたりまえになっていて、それがいちばんだなって思ってる。

もちろんさよりちゃんが再婚したいって思うならそれはそれでいいけれど、私はきっと一緒に暮らしたりしないだろうなって。なんだったら、お母さんは新しい旦那さんと暮らして、私はなみえちゃんと二人で暮らしてもいいなって。

どうしたって旦那さんはいきなり妻の母親、義母と一緒に暮らすのはつらいだろうから。そういう話は、よく聞くし。

「そういえばお母さん」

「なに」

「昨日、ばったり志織ちゃんに会ったのよ。覚えてる？〈喫茶カノン〉にいた美人の後輩の志織ちゃん」

しおりちゃん？ってなみえちゃんは少し考えて、あぁ、って手でテーブルを軽く叩いた。

「紺野志織ちゃんだったね。あそこの田島さんの姪《めい》っ子の」

「そうそう」

こんのしおりさん。田島さんの姪っ子さん。全然知らない人。聞いたこともない。こんの、って夏夫くんと同じ名字だけどまさかね。

「あの子、高校辞めたんじゃなかったっけ？なんだか問題起こして」

「違う違う。辞めてない。最後はほとんど行ってなかったらしいけど、卒業はしたはず。そう、だから会ったのは彼女が高三のとき以来だから、お互いにびっくりしちゃって」

「そうかい。志織ちゃんね。元気だったのかい？」

「元気だった。なんか、ますます美人になってて大人の色気があって。保険の仕事してるって。

息子さんと二人暮らしだって」

なみえちゃんが急に大きく頷いた。

「あぁ！　そうそう、妊娠しちゃったんだったねあの子！　志織ちゃん！　はっきり思い出した。そうそうものすごく美しかった看板娘！」

妊娠しちゃった？

「ねぇ、そのこんのしおりさんって、さよりちゃんの後輩？」

「そう。みちかちゃんは全然知らない人。十数年ぶりの再会かなー。同じ高校出ていて同じ町にいたはずなのに会わないものなんだよね」

「昔ね、あんたのお祖父ちゃんが工事した喫茶店でバイトしていたんだよその子」

お祖父ちゃんは電気工事関係の仕事していたっけ。じゃあ、その喫茶店の工事もしたってことか。

「私と同じ高校行っていたのよ志織ちゃん。三つ下だから一緒には通ってなかったけどね。とにかく美人さんだって評判で。私もよくその喫茶店に行ってたから知ってたの」

なるほど。

「こんのさんって、紺色の紺に野原？」

さよりちゃんが頷く。

「そう。紺野志織。しおりは志《こころざ》すに織物の織ね」

夏夫くんと同じ漢字の名字だ。そんなに珍しくはないと思うけど、今のところ紺野さんって人は夏夫くんしか知らない。

「その人の息子さんって、夏夫くんとか言わない？」

さよりちゃんが顔をちょっと顰めた。

「そこまで知らないなー。何せ高三のときから会っていないから。ほとんど行方不明だって話だったし」

そこで言葉を切った。

「え、ひょっとして紺野夏夫くんっていう友達がいるの？　同級生？」

「違う。先輩だけど、今、高校三年。ほら〈バイト・クラブ〉に来ている先輩」

「なつおくん」

「夏の夫って書く」

高三、って呟いてさよりちゃんが指を折って何かを数えた。

「志織ちゃんが子供を産んだのはたぶん十九歳だから、計算は合うはずね。今高校三年生ぐらいかも。どこの高校？」

「私と同じ。赤星。〈カラオケdondon〉でずっとバイトしてるの」

それで、一瞬迷ったけど皆に言ってるからいいか。

「母子家庭なんだよね。お母さんは保険の外交員やってて、お父さんは実はヤクザらしいんだけど」

さよりちゃんもなみえちゃんも眼を丸くした。

「そうよ！　ヤクザ者と一緒になっちゃったって言ってたのよ！」

「志織ちゃん、今、保険の外交員やってるって言ってた！　やだ、本当に？」

「ホントホント。夏夫くん、すごく整った顔してる。お母さんに似てるって言われるって」

驚き。夏夫くんのお母さんとうちのお母さんが繋がっていたのか。

そういえば年齢はそんなに変わらないんだしこの町にずっと住んでいるんだから、どこかで繋がっていても全然不思議じゃないのか。

「びっくりだわー。え、その夏夫くんっていい子なのよね？　その〈バイト・クラブ〉に来ているんだから」

「いい人。カッコいいし」

「カッコいいのはわかるわー。志織ちゃんの息子ならもう俳優にしてもいいぐらいじゃないの」

確かに。

あれ？　それじゃあ。

「さよりちゃん、ひょっとして夏夫くんのお父さんのことも知ってるの？」

夏夫くんは、全然知らないって言ってた。顔も覚えていないって。さよりちゃんは、うーん、って唸る。

「知ってるかって訊かれると困るけど、たぶんあの人だなっていうのは、わかる」

「たぶんって？」

「喫茶店の看板娘って言ったでしょ？　〈喫茶カノン〉は志織ちゃんの伯父さんがやっていた店

なの。そこの常連さんに、ヤクザの人がいたのは知ってる。何度か店で会ったことあるしね。それにね」

ちょっと唇を曲げた。

「あまり言いたくなかったことだけど、同級生に暴力団に入ってるのがいるのよね。今もたぶん辞めてないと思うんだけど」

「えー、マジ?」

「マジよ。名前なんか覚えなくてもいいけれど」

「でもちょうどいい機会だよ」

なみえちゃんが言った。

「この先あの男に会うことがないとも言えないんだからね。あんたの娘だってことがわかれば、変なことはしないだろ、あいつも」

「なみえちゃんも知ってるんだ?」

頷いた。

「さよりの幼馴染みと言ってもいい男だよ。同級生のね。黒川優馬《くろかわゆうま》ってのが、名前だよ」

くろかわゆうま。

なかなかカッコいい名前。

「黒い川に、ゆうまは?」

「優秀な馬。名前の通りにいろいろ優秀だったのにね。そんな世界に入っちゃって」

そうか。あたりまえだけど、ヤクザになった人だってそうなる前は普通の人だったんだよね。

「幼馴染みってことは、どれぐらいの？　もう幼稚園ぐらいから？」

「私は保育園だったけれどね。小学中学は一緒。高校は違うしね。あいつも高校は卒業して、それから少し経って暴力団員になったんだけど。でも、それまではちゃんとした奴だったんだけど」

「なんで？」

何があって、そういう世界に入ってしまったんだろう。

「家庭環境が悪かったとか？」

さよりちゃんが、首を横に振った。

「お父さんもお母さんも普通の人。お姉さんもいたし。皆が普通の人。ねぇ？」

「そうだね。黒川さん家は、いい人たちだったよ」

なみえちゃんも知っているんだね。そうだよね。

「ただまぁ」

どうかね、ってなみえちゃんが続けた。

「ちょっと難があったと言えばあったかね、黒川さんところは。夫婦仲がね、そんなにはよくはなかったはず。いつ離婚してもおかしくはなかったような感じではあったけれどねぇ」

「そんなのはどこにでもある話じゃないの。あいつがそうなったのは、それが原因じゃないわよ」

「じゃあ、なに」

その黒川優馬さんが、暴力団に入ってしまったのは。さよりちゃんは、ちょっと首を横に振る。

「本当のところはわからないわよ。でもね、あいつが昔っから正義感が強くて、なんていうかな、義理堅い？」

「義理堅い？」

「そう。男気のあるような感じだったのは確か」

「え、いい人じゃない」

正義感があって義理堅くて男気があるなら、全然カッコいい人。そう言ったら、さよりちゃんは考えた。

「どう言えばいいかな」

「そんなにムズカシイ話？」

「難しくはない。簡単な話なんだろうけど。あたりまえだけれども、人はそれぞれ違うわよね？たとえばプロ野球選手だって、みんなそれぞれ性格は違うでしょ」

それはもう。人間はそれぞれが違う人格を持っている。性格だってそれぞれ違う。

「でも、プロ野球選手には、共通するたったひとつのものがある」

たったひとつのもの。

「え、なに」

「野球が好きだってこと。野球嫌いだったらプロ野球選手にはなれないでしょう」

「なれないね」

そもそもなるはずがない。

「ヤクザになる人には皆に共通点があるって話？」

「皆じゃないと思うけど。これは、同じ同級生に聞いた話。直接優馬から聞いた話じゃないからわからないけど。暴力団に入るような人たちは、大抵の場合は義理堅い人なんだって」

義理堅い人。

「深く考えるとややこしくなっちゃうけど、要するに優馬は、義理を重んじて暴力団に入ったの。悪いことをして儲けようとか、乱暴者だとか、そういうんじゃない。単純にその組の偉い人に助けてもらったんだか、なんかあって、その人のためにヤクザになったって感じ」

うーん？

「悪い人じゃないってことね？　その優馬さんは。たとえば学生の頃から不良でケンカばかりしていたとか、カツアゲとかしていたとか、そんなんじゃなくて」

「違うね。むしろ逆。正義感が強かった。クラスメイトを助けるために不良と喧嘩していたこともあったわよ」

そんな人が義理を重んじてヤクザに。

「よくわかんないけど、ヤクザになるのにもいろいろあるってことなんだね。単純に悪い奴らがなるんじゃなくて」

「そういうことね」

さよりちゃんが溜め息をついた。

「バカだなって思ったわよ。そんなんで」

そんなんで。

「じゃあ、さよりちゃんは優馬さんがヤクザになった理由というか、義理っていうのが何なのか、知ってるんだ」

うん、ってさよりちゃんが頷いた。

「一応、幼馴染みだしね。たぶん、あいつといちばん仲が良かった女子だったと思うから、周りからもいろいろ聞いたし。でも、そんな話あなたは別に詳しく知らなくていいことだから」

まぁ全然関係ないからね。

「ひょっとしてその優馬さんは夏夫くんのお父さんと同じ組とか？」

「たぶんだけれど、違う暴力団だと思う」

「え、違うんだ」

「たぶんね。本当に詳しいことは知らないけど」

ふーん、ってさよりちゃんがまた溜め息をついた。

「それにしても、そうか、夏夫くんっていうのか。志織ちゃんの子供は」

そうです。

「遊びに来たりする？　うちに」

「まさか。〈バイト・クラブ〉で会ってるだけだよ」

「カレシになったりしない？」

「今のところはありませんね、そういうのは」

＊

「え、マジか」

「マジなの」

本当は来る予定はなかったけど、昨日に続いて今日も〈バイト・クラブ〉に来て、夏夫くんに話さずにはいられなかった。っていうか、さよりちゃんも話してもいいよって言ったから。

他の皆は来てない。

「うちの母親、さよりっていう名前なんだけど、渡邉さよりは夏夫くんのお母さん、志織さんだっけ？　同じ高校の先輩後輩。三つ違うから同時期には通っていなかったけれど、顔見知り」

うーわ、って夏夫くんが天井を見た。

「びっくりだ。なんか、すげえ偶然が続くな。こないだはあれだったし」

「そうだね」

三四郎の担任の先生が、夏夫くんのお母さんのことを、そしてお父さんのことも知っていたし。

「でも、皆同じ町に住んでいるんだから、どこかで繋がっていても全然不思議じゃないって」

「そうだけどな」

「夏夫くんのお母さん、志織さんが高校の頃に、喫茶店でバイトしていたのは知ってるんだよね？」

夏夫くんが頷いた。

「聞いてる。伯父さんがやっていた店だって。そこでバイトしていたっていうことだけはね」

「そこのお店の電気工事をね、うちのお祖父ちゃんがやったんだって」

「マジか」

「それで、うちのお祖母ちゃんもお母さんもお店のことは知ってて、よく行っていたって。だから、うちの母親も夏夫くんのお母さんのことをよく知ってるって」

うーん、って唸る。

「おふくろ、全然そんなこと話さないからな。誰かに会ったとか。あー、じゃあさ、みちかのお母さんも、うちのおふくろのいた喫茶店に来ていたんだったら、それでたぶん三四郎の六花先生も来ていたんだろうからさ」

「うちのお母さんと六花先生がその頃に、その店で顔を合わせていても全然不思議じゃないね」

「年も、そんなに変わんないんだろ？　同じ三十代だろ？」

「ギリね。うちのお母さんは」

もうすぐ四十代になるから。

「そっかー。喫茶店ってのがあれだな。いろいろと人を結びつけるからな。それでか」

「そうみたいだね」

マジかー、ってまた言って笑った。

「どうする？　うちのおふくろがさ、みちかのお母さんに会いに行くから一緒に来いとか言ったら」

「え、うちに夏夫くんが来るって？」

それは大変だ。人を呼べるような家じゃないのに。

「でもそんなことはないでしょ」

「ないだろうけどさ。そういう知り合いだってことは、そういうことが起こっても不思議じゃないわけだ」

そういうことだね。

「すごいなー、偶然って。こんなことあるんだな。俺とみちかだって同じ高校だけど、今まで接点がなかったのに」

「〈バイト・クラブ〉で一緒になって、しかもお母さん同士も同じ高校で知り合いでって」

本当にびっくりだ。

「それでね、お母さんが言うには、たぶん夏夫くんのお父さんのことも知ってるって。知ってるっていっても、そのお店で会ったことがあるっていうだけで話したこともないらしいけど」

「あ、そうなんだ」

「知ってた？　お父さんとお母さんがその喫茶店で会ってたって」

「や、全然知らない」

そうか、やっぱり知らないのか。

「その辺は、うちのお母さんも詳しく知らないって。ただ、たぶん出会ったのはそこじゃないかって話はしてた」

なるほど、って感じで夏夫くんは頷く。

「もうひとつ、話があった」

「何の話」

「うちのお母さんには幼馴染みの男の子がいてね。その人は、高校を出た後に暴力団員になっちゃったんだって」

わお、って夏夫くんが呟く。

「まさか、その幼馴染みが、俺の父親と同じ組にいるとか？」

違うんだ。

「全然別のところらしい」

「らしいか」

「お母さんも全然会ってないからわからないって。でもね、何年か前に新聞記事とか読んでいてね。暴力団の抗争のなんちゃらかんちゃらで」

「抗争か」

「そう、たぶんだけど、お母さんの幼馴染みの組と、夏夫くんのお父さんの組は敵対関係になるんじゃないかって」

「わーお」

わーお、だよね本当に。

「詳しく調べたわけじゃないから、本当にたぶん、だけどね。お母さんは何の関係もないし、たぶん夏夫くんのお母さんにも関係ないだろうけど、話しておいてもいいよって」

「そっか。サンキュ」

不思議な縁だ。

「ひょっとして、調べていったらさ、もっといろんな繋がりがあったりしてな。もう今のところだけで、尾道さんとも六花先生とも繋がりができちゃったんだし」

「そうだね」

「ってことはさ、みちかのお祖母ちゃんも、下手したらお祖父ちゃんも、おふくろのこと知ってるってことだよな」

「そう、知っていたよ。お祖母ちゃんはさすがに親しいわけじゃなかったみたいだけど」

お祖父ちゃんはもう死んじゃってるけどね。

「でも、お母さんね、志織さんのことを心配していた。元気にやっていて本当に良かったって。で、もう一度きちんと会いたいって。いろいろ話したいって。夏夫くんの顔も見てみたいって言ってた」

そっか、って笑った。

「皆でカラオケに来るっていうのはどうかって話しておいた」

「ここにか」

「歌いに来れば、皆で盛り上がれるでしょ。意味なく」

そういうのも楽しいかも。

「親たちもそんなに年は違わないしな」

「だよ、きっと歌う歌も似てるんじゃない？　うちの母はチューリップってグループの大ファン。コンサートとかも行ってたよ。知ってる？」

「名前ぐらいはわかるな。そういうのも、楽しいかもな」

できたらいいのに。

菅田三四郎　私立蘭貫学院高校一年生
〈三公バッティングセンター〉アルバイト

どんなバイト先もそうなんだろうけど、バッティングセンターも本当にいろんな人がやってくる。

ただボールを打つためだけに。

僕がバイトを始めてからのお客さんで、最年少記録は小学校三年生の女の子。バッティングセンターに年齢制限はないんだけど、たぶん、まともにバットを振って当てられるギリギリぐらいの年齢だと思う。

でも、その子はものすごく上手だった。きっと小学生の女子野球のチームがあったらすぐにレギュラーになれるぐらいに。お父さんがついていてアドバイスをしていたから、お父さんはきっと野球をやっていた人なんだと思う。

最高齢は、常連さんで、三公さんもよく知っている人らしい八十五歳のおじいさん。すごく上手なお年寄りがいるっていうのは聞いていたけど、実際にやってきて打ち出すのを見たら本当にびっくりした。

フォームがいいんだ。理想的なフォームではないけど、力みがまったくなくてまるで水に流れるようにバットが出ていってボールを打つようなフォーム。それも、ボールをバットの真《ま》っ芯《しん》で捉えている。

まるで武道の達人みたいな感じなんだ。

三公さんの話では戦前から野球をやっていた人らしいんだけど、戦前って第二次世界大戦のことだよなとか考えて、そんなに長生きしている人があんなふうに百キロものボールを軽々と高く打ちあげている。

どんなふうにしたらあんなふうに打てるのか、全然わからなかった。

「訊いてみたら?」

三公さんが言った。

「何を?」

「どういうふうにしたらそんなふうに打てるのか。案外腰が悪くてもあの人みたいな打ち方なら負担にならないかも」

どうなんだろう。あの打ち方は腰に負担かからないんだろうか。

「うん、ちょうど終わったから訊いてあげよう」

そう言って三公さんがすたすたとケージに向かって、ちょうど終わったおじいさんに話をし始めた。

僕を指差して話をしているから、きっと僕は腰をヘルニアでやってしまったんだけど、どうなんだろうって。そんな腰でも打てるもんだろうか、とか。

正直、もう野球は終わりにしたんだから打てなくてもいいんだけど。

でも、確かにここでバッティングぐらいはできるようになるんだったら、バイトのためにもいいかもしれない。マシンの調子を見るために試し打ちとかすることもあるから。

おじいさんは、ニコニコしながらケージを出てきた。

「若いのになぁ。ヘルニアかぁ」

「そうなんです」

お年寄りの年齢なんて見た目では全然わからないけど、少なくともこのおじいさん、八十五歳には全然見えない。もっと若く見える。

「まぁスポーツ医学に強い医者なんかに訊くのがいちばんなんだがなぁ。私もヘルニアやったよ、一回」

「あ、そうなんですね」

「素人のやり方だけどなぁ。普通のバッティングをすると、腕を振ると同時に身体も回転してそれを腰で直接身体に伝えて支えるようにすると、腰に来るんだ。そうだよなぁ?」

「そうですね」

その通りだと思う。身体の回転を伝えてなおかつ支えるのは腰だ。だから、腰をやってしまうと何もできなくなってしまう。

「だからな」

その場でバットを構えるようにして、一度振った。

「あ」

思わず声を出したら、おじいさんがニカッと笑った。

「野球やっとったならわかるだろう？　腕の振りから来る身体の回転を腰で支えるんじゃなくて、膝と足首で回転を吸収して、体全体が回転ドアになったようにして打つんだ」

わかる。

「今までの自分のフォームとはまるで変わっちまうがな。別に野球の試合をするんじゃないからな。ただボールを打つだけなら、これで充分。打てれば、気持ちいい。ただそれだけのもんだからな」

「ありがとうございます」

確かにそうだ。バッティングセンターでは別にヒットやホームランを狙うんじゃない。ただ、バットにボールを当てて前に飛ばせばいいんだ。

「あとは、筋肉だな。腹の脇の筋肉。ここな」

僕のお腹の横を触る。

「ここを鍛える。ここなら別に腹筋とかやる必要はないからな。重いもの持って、左右に身体を倒すだけでここを鍛えられる。ほれ、こんなふうに」

おじいさんが、そこにあったボールが入ったバケツを両手に持ってゆっくり左右に揺れる。

「やったことあります」

「うん、これなら腰に負担はほとんどかからんで、脇腹の筋肉を鍛えられるからな。まぁ自分の身体に訊きながら、いろいろやってみる。あとは一度は野球やって身体を鍛えたんなら、自分で自分の身体に訊くのがいちばん」

「今度やってみます」

おじいさんは頷いて、ぽんぽん、って僕の腰を叩いて帰っていった。

「できそうか？」

三公さんが言う。

「できます」

ちょっとその場でやってみる。

うん、できる。スパイクも履かないから、回転をそのまま足首に伝えて回転ドアみたいに回ることもできる。確かにこの打ち方なら、おじいさんの言ってたように脇腹の筋肉を鍛えた方がいいかな。腕の振りの力を使わない分、身体の回転で補うから。

「バイト終わる頃にちょっと打ってみてもいいよ。できるようだったら、趣味にしてもいいだろ？　野球好きなんだし」

「そうですね」

やってみよう。できないと思っていたことができるかもしれないのは、ちょっと嬉しい。おじいさんが出ていった方を見る。

「あのおじいさん、お仕事は何をやっていたんですか？」

八十五歳であんなに身体が動くってけっこうスゴイと思うんだけど。三公さんが、ちょっと苦笑いみたいな顔をした。

「お仕事なぁ」

首を捻る。

「まぁもう引退というか、何にもしていないただのおじいちゃんなんだけどな」

「何ですか？」

ものすごく含みのあるような言い方。

「まぁあれだ。その昔はヤクザの親分みたいな人だったらしいぞ」

「親分？」

ヤクザの？

「そんな感じの人だな。どんな暮らし方をしてるとかはまったく知らないけど、週に一回はここに来てボール打ってる。今は、ただの野球好きのおじいさんだよ」

そんな人だったのか。じゃあ、夏夫くんのお父さんなんかも知ってるような人なんだろうか。

＊

今日は誰も来ていないだろうけれど〈バイト・クラブ〉に寄ってみようって思った。

塚原先生に聞いた話を、夏夫くんにきちんと伝えようと思って。皆が集まったときに話してもきっと夏夫くんはかまわないって言うだろうけど、やっぱりまずは夏夫くんだけに話してからの方がいいだろうから。

由希美は今日は〈花の店　マーガレット〉のバイトはなくて、もう帰っているから家に電話しておいた。

夏夫くんに、塚原先生に聞いたお母さんの話をするから〈バイト・クラブ〉に寄っていくからって。別にいちいち電話しなくてもいいんだけど、わりとそういうの気にする女の子だから。一緒に〈バイト・クラブ〉に行こうって誘ったのも僕だし。

〈カラオケdondon〉に入ったら、カウンターの中にいた夏夫くんが、おう、って笑顔を見せる。

「一人か？」

「一人」

「由希美ちゃんは？」

「今日はバイトないからもう帰ってる。忙しいの？」

「ちょっとな。もう少ししたら落ち着くと思うけど」

それぞれのカラオケの部屋はきちんと防音されているけれど、部屋が満室になっているときにはなんとなくわかる。ビル全体がざわざわしている感じがするんだ。

「塚原先生に聞いてきたから。お母さんのこと。ちょっと話そうと思って」

「そっか。サンキュ。待っててくれ。後で行く」

「うん」

階段で二階に上がる。

〈カラオケdondon〉の七号室は、けっこう広いんだ。カラオケだけするんだったら十人ぐらい入っても大丈夫だと思う。

そしてテーブルも大きい。たとえば、今のところそういう人はいないけれど、大きな紙を広げて絵を描いたり、あるいはたくさんの人でノートや教科書を広げて勉強したりするのにも充分なぐらいの大きさがあるんだ。

恩送りなんだな、って父さんが言っていた。〈バイト・クラブ〉の話をしたときに。

情けは人の為ならず、っていう言葉もある。昔から、日本だけじゃなくて世界中にある考え方だって。

言うのは簡単だけど、実際にやるのは難しい。中々できるものじゃない。筧さんは、すごい人だなって父さんは言ってる。

将来はどうするんだってことを考えることが多くなった。高校生になったからっていうのもあるけど、やっぱり父さんの会社が倒産したっていうのも、大きい。

自分はどんな仕事をして将来生きていくんだろうって。そういうのを決めるときに、やっぱり周りの環境っていうのも大きいよなって話も、ここで皆とした。

〈バイト・クラブ〉はたった五人しかいないけど、五人とも環境がそれぞれに違う。好きなことも、違う。共通しているのは高校生でバイトをしているっていうことだけ。

でも、そういう環境にいるから、将来のことをすごく考えるようになった、っていうのも共通しているよなって話もした。

できることと、できないこと。好きなことと、嫌いなこと。

世の中にはどんな仕事があって、どんなふうに考えてその人たちは働いているのか。尾道さんが言っていた。「働くってことは、生きることだ」って。だから、将来どんな仕事をすればいいのかを考えることは、どうやって生きていくのか、を考えることなんだって。

なるほどなって思った。

確かに、生きていくためには働いてお金を稼がなきゃならないんだ。そうしなきゃ生きていけない。だから、将来を決めるっていうのは、どうやって生きていくかを考えること。ただ、それは決めたらずっとそれでいかなきゃならないってことじゃない。

自分がどういう生き方をすればいいかなんて、正直今もわからないって尾道さんも言っていた。だから、そのときそのときで自分が決めたことをきちんと守っていけばいい。後で変わったってかまわない。人間なんて、誰でも迷いながら生きていくんだからって。

部屋に入ってちょっとしたらドアが開いたので、夏夫くんがもう来たのかと思ったら、悟くんだった。

「あれ」

ニコッて笑って軽く手を上げる悟くん。

悟くんの動き方って、すごくスピードがあるんだ。ちょっと手を上げる仕草にもすごく速度がある感じ。きっと、ガソリンスタンドでの仕草が自然と出ちゃうんだと思う。ああいうところでは、素早くはっきりとした動きをしなきゃならないんだ。

それが、習い性になっているんだ。

「三四郎のすぐ後に入ってきたんだよ」

「そうなんだ」

ガソリンスタンドのバイトは今日はもう終わったのか。

「なんか、夏夫に話があるんだって？」

「そう。夏夫くんのお母さんの話」

あぁ、って悟くんが頷く。

「こないだの、なんだっけ、塚原先生から聞いたのか」

「そう。悟くんは今日は？」

悟くんも今夜は来る予定はなかったはず。

「僕も話をしたいことができたんだ。夏夫に」

悟くんは二年生だけど、三年生の夏夫くんのことも呼び捨てにしてる。

実は悟くんと夏夫くんは誕生日が一ヶ月も違わないんだ。

悟くんが四月生まれで、夏夫くんは三月生まれ。一ヶ月も違わないのに一学年違うのは昔っからなんか納得いかなかったって悟くんは言ってた。確かに四月生まれの人はそうかもな、って思う。

僕たちのそれぞれの呼び方も、そうだ。

普通、学校なんかでは、クラスメイトはほとんど名字で呼び合う。後は、あだ名がある人はあだ名で。たとえばクラスの近藤なんかは皆にコンちゃんって呼ばれる。きっと日本中の近藤さんはほとんどコンちゃんって呼ばれていると思うけど。

ここでは、最初からいる夏夫くんが何故か昔から名前で呼ばれることが多くて、自分から夏夫でいいぞって言ったんだ。

そして僕もどういうわけか昔からほとんどの人に三四郎！　って名前で呼ばれているから、じゃあってそのまま皆で名前呼びになった。

女子のみちかさんと由希美は、学校でも女の子同士では名前で呼ぶのはわりと普通だから違和感全然ないって言ってて、悟くんだけが、なんか名前でくすぐったいなって笑ってた。そんなふうに名前を呼ぶのは親戚のおばさんたちぐらいだって。けど、もう慣れたみたいだ。

集まると話をすることが多くて、あまりカラオケはしないから、たまに歌でも唄うかって悟くんと話していたら、夏夫くんがトレイにコーラを載せて入ってきた。

「お待たせ」

言いながら、そしてトレイをテーブルに置くとすぐにボウタイを外して、ボタンも外す。

「昨日、みちかが来たんだ」

どさっと座りながら夏夫くんが言う。

「みちか？　一人で？」

「そう」

「どうしたの」

「それがさ、いや、三四郎は塚原先生にオレの母さんのことを聞いてきてくれたんだろ？」

頷いた。

「悟が今日来たのも、まだ聞いてないけど、オレのことなんだろ？」

悟くんが頷いた。そうなのか。夏夫くんのことなのか。

「まったく連続でびっくりだぜ。みちかが昨日来たのはさ、みちかの母さんが、オレの母さんのことを知っていたんだ。同じ高校だったんだって」

二人で同時に声を出さないで、わお、って口を開けてしまった。

「同級生だったとか？」

「いや違う。みちかの母さんが先輩。三歳違うから同じ時期に通ってはいなかったけど、知ってるんだってさ。それどころか、みちかのおばあちゃんもおじいちゃんも母さんのことを知ってたってさ」

「え、なんで」

おじいちゃんおばあちゃんまで。

「うちの母さん、話していなかったと思うけど、高校生の頃に母さんの伯父さんの喫茶店でバイトしていたんだ。それで知ってるんだって」

それは、知ってる。塚原先生に聞いたから。後できちんと話さなきゃ。

「え、じゃあ」

同じ高校ってことはって悟くんが言う。

「ひょっとして塚原先生と、みちかのお母さんも知り合いじゃないの？　あ、尾道さんも」

同じ学校ってことになる。年は違うけど。それに、塚原先生も喫茶店に行っていたはずだから高校じゃなくてそっちで会っているかもしれない。みちかさんのお母さんに。

「そうかもしれないけど、それはまだ確かめてない」

「知ってるって、親しいとかなの？」

「いや、そうじゃない。高校卒業以来で、ばったり偶然会ったんだってさ。オレの母さんとみちかの母さんがね。だから特に親しいってわけじゃないけど、その頃のことはよく知ってたんだってさ」

昔の知り合いってことなんだ。

「スゴイな。どうして急にそんなに繋がっちゃうんだろう。僕の話っていうのもそうなんだよ」

「誰かが夏夫くんに繋がったの？」

悟くんが頷く。

「うちのガソリンスタンドの店長、河野さんなんだけど、夏夫のお父さんと同級生だった」

「えっ」

「マジか」

驚いてばっかりだ。

「本当になの？」

「間違いない。夏夫の親父の長坂康二。車でうちの店にガソリンを入れに来たんだ。それで、わかった」

悟くんが話した。

ガソリンを入れに来たクラウンに乗っていた男の雰囲気が、夏夫くんにそっくりだったこと。店長さんがその人と事務所で親しげに話していたこと。それで、店長さんに確認してみたら、男が長坂康二さんで、同級生だったたって。今は暴力団の組長だって。そして店長さんは夏夫くんのことも知っていた。

長坂康二の息子だろうって。

「お母さんのことも知ってるけど、親しいわけじゃないって」

店長さんの親友だったたって。

長坂康二さんは。

もちろん今はヤクザであることを知ってるし、普段はまったく会うこともない。そのとき会ったのも十年ぶりぐらいだったたって。親友だったのに会わないのは、長坂さんが自分みたいな男が友人面したら、そいつに迷惑をかけるからだって。自分は昔の友人たちに気軽に会えるような人間じゃないっていうのを、自分でわかっているからだって。

「そういう人なんだね」

組長の、長坂康二さんは。

同じく仲の良かった友人が亡くなってしまって、その香典を持って行ってくれって長坂康二さんは頼みに来たんだ。店長さんに。そして、その香典ものすごい金額で、しかも自分が出したとはわからないようにしてほしいって言っていた。

ヤクザの知り合いだなってわかってしまって、残された奥さんや子供に迷惑が掛からないように、周りに知られないように、こっそりと仲間皆で分けて香典に入れてほしいって頼みに来た。

「すごい、いい人みたいだ」

言ったら、悟くんは頷いた。

「店長も言っていたよ。あいつはいい奴なんだって。友人なんだって。もちろんヤクザで悪いことをたくさんやってるからそんなふうに他人には言えないけど、間違いなくいい奴だったたって。そしてさ、店長さんが夏夫くんに言っといてくれって頼まれたことがあるんだ」

「オレに？」

「そう。店長が言ったことを、そのまま伝えるな」

悟くんが言ってジーンズの尻ポケットから紙を取り出した。

「メモしておいたんだ。忘れないように。読むぞ」

「うん」

「『あいつは志織さんのことを大事にしているし、夏夫くんのことも大切に思っている。だからっていろんなことすべてが許されるわけじゃないし許さなくていい。夏夫くんはそういう男を父親に持ってしまった。だから、割り切っていい。そういう境遇に自分を置いた男をとことん利用して、立派に育てばいいんだ。あいつは、夏夫くんが言うなら金のかかる医大にだって通わせる。さんざん脛をかじったって、迷惑を掛けたって、長坂はそれで夏夫くんに何かを求めたりしない。志織さんのことを責めたりもしない。黙って、自分の責任を果たすよ。夏夫くんが、一人立ちするまで』。以上」

じっと黙って聞いていた夏夫くんが、ふぅ、って息を吐いた。

「それを、店長さんが」

「そう。お前の父親の、以前の親友とも言える人がそう言っていた。間違いないからって」

夏夫くんはまた息を吐いて、髪の毛を掻きむしった。

「そんな奴なのか」

「たぶんね。店長は、それこそいい人だよ。嘘なんかつかない」

「だろうね」

本当なんだろうと思う。

「店長も言っていたけどさ、たとえば今、僕は夏夫も三四郎もいい奴だって思ってる。まだ親友とまでは思えないけど、いい友達だって」

僕も夏夫くんも頷いた。そう思ってる。

「もしもこの先に会えなくなってしまったとして、十年後ぐらいに夏夫や三四郎が刑務所に入ったとしても、あいつはいい奴だったんだよって人に言えるし、刑務所から出てきたら会いに行けると思うんだ。できることはしてやろうって気にもなると思う」

「店長さんと、長坂康二さんもそういう関係なんだね」

「そういうこと」

友達って、きっとそういうものなんだと思う。

僕たちはまだ高校生で、十年前なんて小学生だ。

小学校の頃の同級生で仲が良かった連中でも、今は全然会わない奴がたくさんいるし、忘れてしまってる奴もいると思う。その中には、別に会いたくもないような男になってしまったのもいるんだ。

その頃に仲が良かったとしても、それは小学生だったからって。何もわからない、わかっていない子供だったからだよって言える。

そういうのとは、また違うんだ。

今、友達になった人たちは、いい奴だって思えた人たちは、その気持ちは十年後も二十年後も変わらないのかもしれない。たとえそいつが変わってしまったとして、あの頃の思いを忘れたりはしないんだと思う。

「わかった」

夏夫くんが、頷いて言う。

「なんか、わからないけど、ちょっとわかった」

自分でそう言って、笑った。

「変な言い方だけど、なんとなくさ。自分の気持ちと現実の、なんていえばいいのかな」

「折り合いの付け方？」

「それな。納得する方向性？　そんな感じの」

わかるから、頷いた。悟くんもうん、って頷いた。

「妥協、じゃないいんだと思うよ。今まで夏夫が思っていた父親への感情の方向性を変えるのはさ」

「そうだな」

そう思う。

たぶん、見えてくるんだ。今まで見えなかったところが、ちょっとしたことで見えてくる。ひょっとしたら、それが大人になっていくってことなのかもしれない。

「それで？　三四郎の方は、塚原先生はなんて言ってたんだ」

「うん。先生は、お母さんの二つ下で同じ高校だったのは聞いたよね」

この間来たときに、夏夫くんに話していた。

「僕も教えてもらったことを、そのまま話すね」

夏夫くんのお母さん、志織さんの伯父さんが、後継ぎがいなくて閉めたけれど喫茶店をやっていた。志織さんは休みの日によく手伝いに行っていた。本人も、そういう客商売みたいなのが好きだったらしい。

「きれいな人で、そこの喫茶店の看板娘になっていたんだって。そして、長坂康二さんは、当時はまだ幹部で、そこのお店のお客さんだったんだ。志織さんが手伝いに来る前からね。塚原先生も、悟くんのところの店長さんと同じようなことを言っていたよ」

長坂さんはヤクザだってことを隠してもいなかったけど、表に出してもいなかった。いわゆる素人に、堅気の人にどうこうするような人では決してなかった。

「先生は、直接知り合いにはならなかったけれど、お店で会ったことが何度かあったって。そして、志織さんの一目惚れみたいなものだって」

「一目惚れ、か」

悟くんは小さく呟いた。

「当時の長坂さんは三十半ば。そういうふうに言うのはなんだけどって先生は言ったけど、アプローチしたのは志織さんの方で長坂さんはそれを無視していた。ヤクザに惚れるなんて愚の骨頂だって。それで、長坂さんはお店に顔を出すことも止めたんだって」

「止めたのか？」

夏夫くんが少し驚いた。

「止めた。もう来ないって店主だった伯父さんにも言って。でも、志織さんは、自分の家を出て長坂さんの家に押しかけたんだって」

「押しかけたの？」

「その前に、志織さんは長坂さんの暴力団の事務所にも行ったんだって。自分がもう店を手伝うのは止めるから、お店には来てくださいって。私のせいでお客さんが減るのは困るって。暴力団の事務所にまで来るなんてとんでもない話だから、長坂さんはまたお店に通い出したんだ」

「それでまた会い出したのか」

「あくまでも、店の中だけでね。そういう約束をさせたんだって。長坂さんが、志織さんに」

でも、志織さんは、諦めきれなかったんだ。

「志織さんのために言うなら〈運命の恋〉だったんだって先生は言ってた。抗えない強い思い。ダメだって頭ではわかっていても、そこに向かっていってしまうんだって。志織さんは、そういう恋をしてしまったんだって」

塚原先生は、そう言っていた。

「志織さんが一目惚れしてから、家を出て押しかけて、長坂さんが結局はそれを受け入れるまで、最初から最後まで見ていたのはたぶん私だけだろうって」

「だからか」

夏夫くんが言う。

「オレの赤ちゃんのときを知ってたりしたのは」

「そうらしい」

長坂さんは、志織さんのためにアパートの一室を用意して、自分と一緒に暮らすことはさせなかった。

志織さんは自分で高校を辞めてしまったけれど、きちんと高卒の資格も取らせたし、通信教育で短大も卒業させたって。

「普通っていうか、そういうヤクザの内縁でも奥さんみたいになると、部下たちが世話をしたり、ほら〈姐《あね》さん〉みたいな感じになっちゃうんだけど、それもさせなかったって」

「ヤクザの仲間にはさせなかったたってことだね？」

「そう言ってた」

だから、先生も安心して志織さんに会いにいったりしていた。

「それからずっと、長坂さんが志織さんの家に住んだりしたことは一度もないんだって。遊びに行ったり、赤ちゃんの夏夫くんに会いに行ったりはしていたけれどね」

絶対に、ヤクザの世界には入り込ませないようにしている。それは、長坂さんの意志で。ヤクザの組長だけど、長坂さんはそういう人なんだ。

「だからって、本当にいい人なわきゃないけどな」

夏夫くんが言って、悟くんも頷く。

「そうだね。店長も言っている。ヤクザなんだから、絶対にかかわり合いになるなって。町でばったり会っても知ってるような素振りを見せるなって」

そう思う。

違う世界の人なんだ。同じ町に暮らしていても、決して踏み込んではいけない世界の人。

「なんだかな」

夏夫くんが言う。

「親を選んで生まれてくることはできないっていうけどさ、違うよな。そこをスタート地点にして生まれちゃったけど、ゴールは自分で選べることにちゃんと気づけってことだよなきっと」

「あ、そうだね」

悟くんが、頷く。

「案外、僕たちみたいにスタート地点が低いところになっちゃった人は、その分上を見ていろんなものが見えるんじゃないの？」

「上からだと、下が見えないからね」

運動も、そうだ。

階段を上がるのと下るのとどっちが辛いかっていうと、実は下る方がきついんだ。僕らは、ずっと自分の力で上がっていける。

田村由希美　私立榛学園一年生
〈花の店　マーガレット〉アルバイト

〈花の店　マーガレット〉の店長、というか社長は野呂希美《のろのぞみ》さん。実家のお花屋さんを継いだからそうなるんだそうです。

希美さんだから、私の名前の〈由希美〉と下二文字が同じ。

面接のときに同じだね、って言われて。その上私のお父さんが前に希美さんと同じ会社にいたってこともわかって、凄い偶然だねって喜んでくれて。お父さんとは同じ部署にいて、とても仲が良かったんだそうです。それでもう即採用されたみたいなものだったんですけれど。

花屋さんの仕事に慣れてくればくるほど、希美さんはすごい人だなっていうのがわかってきました。

お父さんも話していたけれど、とてもバイタリティに溢れていて、仕事ができる有能な女性だったんだって。お父さんと希美さんが一緒に働いていたのは二年ぐらいだったそうですけど、お父さんは同僚としてとても信頼していたって。

希美さんも同じことを言っていました。

冗談にしちゃうけど、お父さんに彼女がいたことは聞いていたからあれだけど、もしもいなかったら立候補しちゃうぐらいだったって希美さんは笑っていました。それぐらい、お互いに気が合って信頼し合っていたんでしょう。

日曜日は、一日中バイトができます。

普通の高校生だったら部活があったり、そして彼氏がいるんだからデートしたりするのでしょうけれど、三四郎も日曜日は一日中バイトをしているからデートはできないんです。

せっかくバイトをするんだから、花屋さんの全部の仕事をきちんと覚えたいって言ったら、本当はバイトの子は連れて行かないんだけど特別にって、希美さんは朝から花卉《かき》市場に連れて行ってくれました。

お花を仕入れるところ。

市場ってものすごく朝早く行くようなイメージがあったんですけど、ここの花卉市場はそうでもなくて、朝の八時過ぎに行って、お店に帰ってくるのは十時ぐらい。意外と普通の時間で、なるほどいろいろあるんだなって。

そうやって仕入れてきたお花をお店に並べるときにも、いろいろな作業があって、いちばん驚いたのはバラ。

開き過ぎている花があったら、一番外側の花びらをそっと取っちゃうんです。

これもなるほど、って思いました。開き過ぎているバラって確かに見栄えもそんなに良くないでしょうし、買う人も「これはすぐに散ってしまう」って思うかもしれません。

あと、バラの茎《くき》にあるトゲは、ほとんどを手で取ってからお店に出すっていうのも初めて知りました。

バラの花なんか買ったことなかったけれども、確かにトゲがそのままだったら包むときも持って帰るときも指に刺さってしょうがないなって。

世の中のお仕事は、いろんなものがある。

やってみなければ本当にわからない。

そういう作業をしながら、お店で働いている人たちといろいろお話ししたりしているんですけど、楽しいです。お客さんがいないときには、ずーっとお店の人たちといろんな作業をしているから、作業しながらお喋りできるお仕事なんてなかなかないと思います。

社長の希美さん以外に社員の真子《まこ》さんと、私と同じアルバイトだけれどベテランの愛子《あいこ》さんに、優美《ゆうみ》さん。皆、女性ばかり。

もちろん男性が花屋さんで働いてはいけないってことは全然ないんだけれど、やっぱりお花屋さんの店頭には、女性が多くなってしまうのかなって。

希美さんは、独身。一度結婚したけれども、離婚したんです。

子供はできなかったそうです。ただ、せっかく継いだこの〈花の店　マーガレット〉を自分が引退したら継いでくれる人がいないから、そこはどうしようか悩んでいるんだって話もしていました。

今、一緒に働いてくれている社員の真子さんと、ベテランバイトの愛子さんと優美さん、その中の誰かに譲ろう、なんて話もしてるらしいんですけど。

「でも、皆そんなに年齢が変わらないのよね」

「そうそう」

希美さんは四十二歳。お父さんと同い年。そして真子さんは四十歳で、愛子さんと優美さんは三十六歳。

「希美さんが引退するような年齢になったときには、私だってもう定年よ。もうそりゃあ受け継ぐのは無理ってものでしょ」

真子さんが言って愛子さんも優美さんも頷いた。

「私も優美ちゃんも主婦のバイトだからね」

三人とも、結婚しています。真子さんは子供がいないけれども、愛子さんと優美さんは、まだ子供が中学生なんだって。ここのアルバイトとしてすごく長く働いてはいるけれども、とてもお店を継ぐなんてことはできないし、やっぱり年齢的にもちょっとって。

確かに、そうなのかもしれない。

「由希美ちゃんぐらい若かったらいいわよね。あと二十年経っても三十六でしょ？」

真子さんが言う。

「そう、ですね」

私はまだ十六だから、もしも二十年経って希美さんが引退するって言ったとして、私は三十六歳になっている。今の愛子さんと優美さんと同い年になるんだ。

その頃、私は何をしている人になっているんだろう。

結婚とかしているんだろうか。お父さんお母さんはまだ元気な年だよね。

ひょっとしたらこのまま三四郎とずっと一緒にいて、夫婦になってどこかで暮らしているのかな。

三四郎はどんな仕事をする大人になっているのか。小学校の卒業文集に三四郎は〈将来はカメラマンになります〉って書いていました。

後から聞いたけど、野球は好きだったけれどプロになるなんて考えていなかったし、他に何も思いつかなかったので、ちょうどカメラを貰ったときだったので適当にそう書いてしまったんですって。確かに一眼レフカメラを持ってはいるけれど、今では全然使っていません。

私は、ケーキ屋さんになる、なんて書いてしまいました。確かにケーキは大好きだったけれど、そのときには何も思いつかなかったから。

「由希美ちゃん、真面目な話で、高校卒業するときにもここでバイトしていたら考えてみてね」

「え、何を考えるんですか」

もちろん、って希美さんが微笑んだ。

「うちの店への就職よ。バイトからそのまま正社員で。由希美ちゃんすっごくいい子で、お花屋さんの仕事も向いてると思うから」

「そうです、か？」

「向いてるわよね。客商売。接客も何も教えていないのに、すごくいい」

優美さんが言って、愛子さんも頷いている。

「仕事覚えるのも早いし手先も器用だしね。私なんかこれ巻くのすっごく苦労したけど、由希美ちゃん一回やっただけでもう完璧だったわよね」

細いワイヤーに緑色のテープを巻く作業のことです。造花テープと言っていました。お花のアレンジメントをするときに、形を整えるのにこういうワイヤーを使うんだそうです。

「お花、好きでしょ？」

「好きです」

だからここのアルバイト募集に来ました。

「本気で言ってるからね。もしも高校出てすぐに就職することを考えているんだったらの話だけど。何だったらすぐお父さんに相談するから。大学に行くんだとしても、そのままずっとバイトをしていてほしい」

向いているのかな。私はお花屋さんに。

「そうだ、今日、生け込み、一緒に行ってみようか」

希美さんが言う。

「生け込み、ですか？」

「お店とかに直接花を持ち込んで、その場で花を生けて飾ってくるの。まぁ言ってみれば生花配達のバリエーションね」

そういうのも、お花屋さんのお仕事にあるんですね。

「え、でも今日は〈モンペール〉でしょ？　酒場に女子高生連れてっていいの？」

優美さんだ。

酒場？

「開店前だから平気よ。別にお酒を飲みにいくわけじゃないんだから」

よくお店に花が飾ってあるのは、そこのお店の人が買ってきて自分で生けることももちろんあるだろうけれど、お花屋さんに頼むと花を持ってきてきちんと生けてくれるんだそうです。

生け込みというのは、そういうもの。

〈花の店　マーガレット〉から歩いて五分ぐらいのところにある商店街。その一本向こうは駅前通りで、いちばん賑やかなところ。飲食店とかもたくさんあって、今のところ六軒の生け込みを扱っているんだって。

その六軒のうちのひとつが、バー〈モンペール〉。四階建てのビルの二階にあります。一階には洋食のレストラン〈末広亭《すえひろてい》〉があって、そこにも生け込みに来ているんだそうです。

今日は〈モンペール〉だけ。

夕方の四時。希美さんが全部自分で選んで用意した切り花を、新聞紙を広げて包んで私が抱えて持っていきます。希美さんは小さな水筒と剪定鋏《せんていばさみ》をガーデニング用ベルトポーチに付けて。カッコいいんです。まるで西部劇のガンマンみたいで。ポーチには他にもワイヤーやテープや生け込みに必要になるかもしれない小道具が詰まっています。

そういうのに、たとえば華道の先生になるような資格が必要なのかなと思ったけれど、お花屋さんをやるのにそういう資格は必要ないそうです。ただ、華道を習った経験があればそれは多少は有利になるとか。

希美さんも、一応は華道の教室に通っていろいろ勉強したけれども、先生とかにはなっていないそうです。

まだお店は開いていないのに、どうやってお店に入るのかなと思ったら、希美さんは二階に上がってちょっと豪華な扉をコンコンとノックしながらいきなり扉を開けます。

「失礼しますー〈マーガレット〉ですー」

お店の中から、ちょっとあまり感じのよくない匂い。

「はーい、お疲れ様ー」

お店のカウンターの奥から声がしました。女性の声。あそこはキッチンなのかな。私も店に入って行くと、その人もカーテンの向こうから出てきて私を見て「あら」って感じで微笑みます。

「新しい子？」

「春からバイトに来てる、由希美ちゃんっていうの。まだ高校生よ」

和服を着た女性。ここのママさんなのかな。

「よろしくお願いします」

「可愛いわー。よろしくね由希美ちゃん。〈モンペール〉の仁美《ひとみ》よ」

仁美さん。

「由希美ちゃん。生け込むのはそこの花ね。ここの床に花を広げて並べて」

「はい」

カウンターの横の壁に、四角いスペースがあってそこにきれいな花が飾られている。上から照明も当たっているから、ここは何かを飾っておくために作られたインテリアのスペースなんだ。

「ちょっと匂うでしょ店の中。換気扇《かんきせん》回したからもう少しで匂わなくなるから」

仁美さんが言います。

「こういうお店ってね。どうしても閉店すると匂いが籠《こも》っちゃうのよ。お酒とかいろんなものの匂いが混じり合っちゃってね」

「すえた匂いって言うわよね」

すえた匂い。そうか、すえた匂いってこういうのを言うのか。何かで読んだことがあるけれども、今までどんな匂いなのかわからなかった。

「はい、じゃあこれはもう一枚新聞紙広げて置いていって。お店に下げるものだから」

「はい」

今まで飾ってあったお花を、散らしたりしないように静かに一本ずつ取っていって床の新聞紙に置きます。

「花台のお水を捨てさせてもらって。そう、カウンターの中に入って」

「どうぞー」

「失礼します」

花台の水をこぼさないようにカウンターに入って、シンクに捨てます。

「軽くすすいでね。そして水気を取る」

希美さんも一緒に入ってきて、持ってきていたスポンジで花台を軽く洗って、タオルで拭きます。

「お水はうちから持ってきたのを使うから」

きっと栄養剤とか入っているんでしょう。だから持ってきたんですね。あと、水を使えば水道代もかかるから。

「由希美ちゃんコーヒー飲めるー？」

「あ、飲めます」

「今、淹れるから飲んでってね。うちのコーヒー美味しいのよ。いつも飲んでくから気にしないで」

仁美さんが言って、希美さんも微笑んで頷いた。そうか、バーでもコーヒーは出せるのか。

「見ていてね」

希美さんが、花台に剣山を置いて、差していきます。

「必ず剣山を使わなきゃならないってことでもないの。普通にオアシスを使っていいし。でも、ここの花台は低いからオアシス使うと見えちゃうでしょ？」

「そうですね」

オアシスというのは緑色の硬いスポンジみたいなもの。お水を吸うのでそこに花を差して生けるんです。

「だから剣山を使うけど、もしもベースのところを隠せるんだったら、オアシスでも充分」

なるほど、って頷きます。わかります。とにかく真正面から見てお花がきれいになるように、そう見えるように考えながらお花を生けていく。

センスだと思いました。何かをデザインするのと同じ。

「素人でもお花は生けれるんだけどね」

仁美さんがコーヒーカップを運んでカウンターに置きながら言いました。

「やっぱりね、知っている人がやるのと素人がやるのとは全然違う。同じ花を使っているのにこうも変わるもんかってほどに、印象がまるで違うからね」

「生けるのに決まりとかはないんですよね？」

「ないわよ」

簡単に希美さんが言います。

「お花を生けるのに、こうしなきゃならない、なんていうルールは何もない。もちろん、こういう形の花を使う場合はこうした方が納まりがいい、なんていうパターンみたいなのはあるけれども。でも、自由なのよ」

「自由ですか」

「その人が美しいと思った形を表現する。それをお客様が同じように美しいと思ってくれればそれでいいの」

そういうものなんでしょうか。

「まぁでも、あれよ?」

仁美さんです。

「カレーライス作るのに、いろんな種類のカレーをたくさん食べていればどんなものが美味しいかってよりわかるでしょ?　カレー以外の料理のこともたくさん知っていればもっと美味しく作れる。何でもそういうものよ、世の中って。だから、若いうちにたくさんいろんなことを勉強しなさいってことよ」

「そうね」

希美さんも頷きました。

「私、絶対に学校ではもっといろんなことを学ばせるべきだと思うわ」

「世の中の仕事ってものをね。算数や国語も大事だけれど、人間が生きていくのに必要な物事を」

そうそう、って二人して頷きます。確かにそうかもしれません。実際に働いてみないとわからないことってきっとたくさんあるのに、学校ではそういうことは全然教えてくれないから。

何か、音がしました。

「うん?」

皆で、何かしら、って頭を動かします。

「騒がしいわね」

下です。ビルの中です。

「叫び声しなかった？」

「した」

しました。

悲鳴が、聞こえました。

「何？」

仁美さんが、外の様子を見ようとして扉を開けた途端に、車の走り去るような音も響いて、たくさんの声が聞こえてきます。

警察！　という叫び声のようなものも。

警察？

紺野夏夫　県立赤星高校三年生
〈カラオケdondon〉アルバイト

忙しいときには本当に忙しいんだ。全部の部屋が埋まっているときなんかは、常にそれぞれの部屋を動き回ってる。

灰皿を回収して回ったり、飲み物や食べ物のコップや皿を回収したり。そして洗い物ね。出前で取ったものはきちんと洗って返してあげるっていうのも、マナーだ。お互いに気持ちよく商売しないとさ。

あと、お客さんの様子を見回ったり。

お客さんを見回るっていうのは、前に熱唱しているときに倒れたお客さんがいたからだ。特に酔っ払ったおじさんやお年寄りとかいると注意している。様子がおかしいってなったらすぐに気づけるように。

あと、客の中に俺らみたいな未成年が混じっていたら、お酒とか飲んでいないように見張るっていうのも、ある。本人たちが警察に注意されるだけならいいけど、それでこっちにとばっちりが来るっていうのもあるから。

今日みたいに二部屋しか埋まっていなくて、まったく暇なときにはどうするかっていうのは、勉強したりしてる。

一応、高校生だから。

筧さんも、暇なときには勉強してろっていうし。勉強っていうのはテスト勉強もそうだけど、将来のためになるような何か。

もしも漫画家になりたいなら漫画読んでいてもいいし漫画を描いていてもいいし、テレビの仕事をしたいんなら勉強のためにテレビ観ていてもいいし、何かの雑誌を読んでいてもいい。とにかく、暇だからってボーッとはしてるなって。

そういうときには、筧さんも奥さんも奥に引っ込んでそれぞれに事務みたいな仕事をしていて、カウンターに一人になる。

本を読むことが多くなってる。小説もあるけれど、ノンフィクションっていうもの。広矢さんがいろいろ持ってきてくれてる。

本は、無駄にならないって。

どんな本でも読んでおけば、読みたいと思ったものをきちんと読んでいればそれは自分の栄養になっていくんだってさ。それはもう間違いないからって。

確かにそうかも、って思ってる。

ここに来てから、広矢さんとか筧さんが部屋に置いていってる本をいろいろ読んでいるんだけど、見方っていうか、視野っていうか、そういうものが拡がったような気がしている。あと、単純に言葉をいろいろ覚えた。

覚えたんじゃないな。使い方が上手になっている気がする。

そして、そういうものってものすごく生きていく上で大事なものなんだなっていうのも、わかったような気がする。

小説は、登場人物の性格とかでその人の喋り方を決める。そしてその喋り方は、その人の人生を決めていく重要なパーツになるんだ。

乗る車、みたいな。

軽トラックにしか乗らないような喋り方の登場人物とか、ジープに乗るのが似合う人とか、将来は高い外車に乗るんじゃないかって思わせる登場人物とか。

そういうのに気づいたら、周りの人たちがどんな人なのかっていうのに、ピントが合ってきた気がする。

筧さんは、穏やかな人だと思っていたけれど実はラフシーンとかに血が騒ぐ人でもあるんじゃないかって思ったりする。ピントが合うってそういうことだ。

自分にはまだまだ見えてないことがたくさんあり過ぎるんだって、本を通してわかってきたような気がしてる。広矢さん、すげぇなって。やっぱり大人ってダテに長く生きていないんだなって。

広矢さん、小説家になるかもしれないんだよね。

まだ結果は来てないらしいけれど、新人賞を取ったら、本を出せるんだ。

でもただ出しただけじゃとても小説家なんて名乗れないって言ってる。

デビューして、本が売れて、その後にしっかり仕事として成立するぐらいにならなきゃならないんだって。そりゃそうだと思う。

カラオケ店の店主だって、金さえあれば誰でもなれる。でも、カラオケ店を開いてちゃんと商売として成り立って初めてカラオケ店を経営してるって言えるんだ。どんな店もそうだけど、毎年何百軒っていう店ができて、そして何百軒も消えていくんだって。

将来、何をやって生きていくんだろう。

最近、ずっと考えている。

進路を決めなきゃならないんだ。どっかの大学に行くんなら、早く決めて先生に言わなきゃならない。もちろん、母さんにも。

大学に行かないんなら、何かの専門学校に行くのかそれとも就職するのか決めなきゃならない。何にも決めなかったら、このままずっとカラオケ店で働くんだ。それだって、筧さんがこの商売を辞めてしまったら、終わりになるんだ。

今まで、大学なんて金の無駄だし、あの男の金を使うようになったらおしまいだなって考えていたけれど、それは違うみたいだって、皆が教えてくれたことで思うようになった。

偶然って凄いなって。

偶然、筧さんや広矢さんが誘ってきて〈バイト・クラブ〉で一緒になった皆が、本当に偶然繋がっていって、あの男のことがわかってきて。

それだけで、俺の人生が百八十度変わってしまうかもしれないって。

本当に凄い。

晩ご飯を交代で食べて、七時過ぎた。

バイトが終わる九時を、毎日意識するようになってる。今日は日曜日で誰も来ないはずだけど、つい九時が近いって考える。

平日の皆のバイトが終わる時間だから。

この日は来るっていう印をそれぞれカレンダーに付けているけれど、みんなが集まれる日を大体は決めているんだ。

日曜日は、ほぼ全員が朝からバイトで入るようにしているから、夜は帰って家で過ごすっていうパターンになっている。

だから、今夜は誰も来ない。そのはずなのに、ドアが開いたので「いらっしゃいませー」ってそっちを見たら。

「あれ？」

三四郎と、由希美ちゃん。

「こんばんは」

二人で来たから、デートでどっかで晩ご飯食べてついでにカラオケでもしに来たのかなって思った。

「デートか？　歌ってく？」

もちろんいつ来ても〈バイト・クラブ〉の七号室は空いている。この後、何もなかったら俺も少し七号室でのんびりしてから帰ろうかなって思ってたけれど。

違うな、ってすぐにわかった。

二人の表情が、なんか暗い。真面目だ。

「どうした？」

筧さんも裏から出てきて、二人に声を掛けた。

「何かあったの？」

「あのね、夏夫くん」

由希美ちゃんの眉間に皺《しわ》が寄ってる。そういう表情をすると由希美ちゃんってものすごく真面目な女の子に見える。いや真面目な子なんだけどさ。

「何も連絡は入っていないんだね？　お母さんからとか」

三四郎が続けて言った。

「母さん？」

なんだそりゃ。

「何もないけど」

「私、今日花屋さんのバイトで、生け込みっていうのをやってきたの。お店に行ってそこで直接花を生けて飾ってくるっていうもの」

「うん」

話が全然見えないけれど、言ってることはわかった。花屋さんの出張生け花みたいなもんだな。

「駅前通りのバー〈モンペール〉っていうところ。四階建てのビルの二階なんだけど、一階には洋食レストラン〈末広亭〉っていうのがあって、そこで私たちがいるときにね」

「あっ」

筧さんが声を上げた。

「なに？」

「さっきニュースでやっていたよ！　そこで発砲事件があって人が死んだって！」

「発砲⁈」

由希美ちゃんがうんうんって大きく頷いた。

「え、そこに由希美ちゃんが居合わせたのか？　大丈夫だったのか？」

「私は全然。二階のそのバーにいたから。でも、一階が騒がしくなって、何があったんだろうって聞いていたの。そうしたら『長坂さんが撃たれた！』って声が聞こえてきて」

長坂さんが撃たれた？

筧さんが慌てたように手を振った。

「暴力団同士の抗争か、ってニュースでは言ってた！　誰が撃ったとか撃たれたとかはまだ出ていなかったけど、長坂さんって、夏夫の父親か⁈」

親父なのか？

「それでね、そこのバーのママさんが、知り合いに確認してくれたの。一階のお店のね。確かに、暴力団の組長の長坂って人が来ていて、いきなり入ってきた男に撃たれたって。だから」

「撃たれたのは長坂さんで間違いないと思うんだ。僕も由希美から連絡貰って、とりあえず夏夫くんに教えた方がいいと思って」

そうか。

それで来てくれたのか。

「夏夫くん」

「うん」

母さん。

「僕らが心配することじゃないって言われるかもだけど、家に帰ってお母さんと話した方がいいんじゃないかな。そして」

車のブレーキの音が響いたと思ったら、扉が開いて誰かが駆け込んできた。

「夏夫くん！」

悟。

皆が悟を見て、悟も由希美ちゃんと三四郎を見て。

「ニュース見たの？」

「由希美は、あの現場にいたんだ。それで」

「本当に?! 俺はさっきニュースで見たんだ。店長も一緒に」

店長さんか。親父と同級生だっていう人。

「店長が、夏夫に知らせた方がいいって。あと、お母さんと一緒にしばらくどこかに行っていた方がいいんじゃないかって」

「どこかって」

え、どこだ。

どうしてだ。

「何があるかわからないって。お母さん、長坂さんの奥さんなんだよ。店長、長坂さんに頼まれていたんだ。自分に何かあったときには、ひょっとしたら志織にも火の粉が掛かるかもしれないから、落ち着くまで力を貸してやってくれって。今、店長の車で来ているんだ。とりあえず、お母さんのところに行こう。家へ帰ろう」

「そうした方がいい」

筧さんが言う。

「とにかく、まずはお母さんと話をしよう。そして確かめられるものなら、きちんと確かめた方がいい」

本当に、親父が撃たれたのか。

死んだのか。

坂城悟　市立一ノ瀬高校二年生
〈アノス波坂ＳＳ〉ガソリンスタンド　アルバイト

たまたまだったんだ。

事務所の中のテレビはいつも点けっ放しになっていて、車の修理待ちのお客さんが適当に観ていられるようになっているけど、音はほとんど聞こえないぐらいにしか流れていない。

俺が事務所の中に入って休憩しようとしたときに、テレビでニュースをやっていてテロップに〈長坂康二〉って名前があった。

「え？」

その声に、カウンターの中にいた店長が反応して同じようにテレビを観て「えっ⁉」って声を上げた。

慌てて、ボリュームを上げた。

市内のレストランで発砲事件があって、暴力団組長の〈長坂康二〉が死亡したって。拳銃で撃って逃げているのは別の暴力団の人間らしいって。警察が犯人の行方を追って捜査中だって。

そういうニュース。

「店長」

「うん」

間違いなく、夏夫くんの父親だ。店長が何かを考えるように少し首を傾げて、事務机の引き出しを開けて、何かを取り出した。名刺を入れておくファイルだ。

「夏夫くんは、今日もバイトしているんだろうね」

ファイルをめくりながら言った。

「そのはずです」

「今まで、夏夫くんからお父さんの関係の人、つまり暴力団関係者とかに会ったことがあるとか聞いたことある？」

いや、そういうのは、ない。

「お父さんにさえ大きくなってからは会ったことないって言ってましたよ。その関係の人にも会ったことはないはずですけど」

そうか、って頷く。

「じゃあ、夏夫くんが〈カラオケdondon〉でアルバイトしているとかは、たぶんその辺の人たちも知らない可能性が高いよねきっと」

「そうだと思いますけど」

本当にそうかどうかはわからないけど。

「今日はもう悟くんが上がっても大丈夫だな」

受話器を取って肩ではさみながら言う。

「たぶん」

西田さんも松川さんもいる。俺が上がってもたぶん平気。いや全然大丈夫。

「どうしてですか」

そこで電話が繫がったんだ。ちょっと待ってって仕草をして、話し始めている。後ろを向いたので誰と何を話しているかはわからない。メモもしている。

「うん、わかった。ありがとう」

受話器を置いた。

「〈カラオケdondon〉では、テレビとかラジオを点けているかい?」

どうだったかな。

「お客さんに見えるところにはないと思います。奥の厨房とかには、ひょっとしたらあるかも」

「じゃあ、ニュースに気づいていないかもしれないね」

「そうかも」

「行こう」

え?

「〈カラオケdondon〉にですか?」

「そう。夏夫くんに教えに行こう。それで家まで送っていこう」

家まで?

＊

〈ミサキアパート〉の二階の一号室が、夏夫くんの家。

少し変わっているアパートで、一階は二階に住む人の専用車庫。部屋から直接車庫に行けるんだ。そんなアパートは初めて見た。

夏夫くんを連れて、家に帰ってきた。

車の中で、店長が話をした。店長が長坂さんとは同級生だって話は前に夏夫くんにしてあったから、その辺りはすっ飛ばして。

「長坂が、言っていたんだ。もしも抗争とかで自分が殺されたりしたとき、組員たちの歯止めが利かなくなる。誰も統率できる人がいない。暴走が始まるかもしれないって」

「暴走、ですか」

「ヤクザの世界ではよくあることらしい。いわゆる、敵討ちだ。全面抗争って言葉があるけれど、それはトップが、つまり組長さんがいたらそんなことにはならないんだって。そんなことになったらどっちかが、もしくは両方とも潰れてしまう。だから、組長がちゃんとしていたら絶対に全面抗争なんかしない。でも」

「組長さんが殺されてしまったら、残ったそこの組員たちが自分勝手に暴れ回るってことに？」

言ったら、店長が頷いた。

一緒に後部座席に乗った夏夫くんが顔を顰めていた。

「それは、俺たちにも降りかかるってことですか。火の粉が」

店長が、頷いた。

「組長がいなくなっても若頭とか、ナンバー2がしっかりしていればそんなことにはならないけれども、今の自分のところはそうはならないって言っていた。つまり、どんな手を使ってでも親分の敵を取るってことになってしまうだろうってね」

「でも俺や母さんは何にもできないし」

「何にもできなくても、だね。お母さんは実質長坂の奥さんで、君は長坂の息子だ。それこそヤクザ映画みたいなセリフになっちゃうけれども、祭りに御輿《みこし》っていうのは必要なものだって考える人が多い」

御輿。

「担ぐもの、ですか」

「そうだ。そしてお母さんの志織さんや夏夫くんは、担がれる御輿になり得るものなんだよ」

担がれる御輿。

「じゃあ、母さんが残っている組員に連れ出されて、それこそヤクザ映画みたいに〈姐さん〉とか呼ばれて？」

「そういうことだね」

本当にヤクザ映画の世界だ。

「そんなことにならないように、長坂は組員とか関係者とかを一切志織さんに近づけていなかったよね？」

「だと思います」

「それでも、志織さんのことを知っている連中はいるんだ。もちろん君という息子もいることもね。ただ、君の名前もどこの学校とかも、ほとんどの組員は知らないはずだって長坂も言っていた」

「知っていたら、〈カラオケdondon〉とかにも来てましたよね、きっと」

夏夫くんも頷いた。

「そういう雰囲気の奴らは、全然来てないよ」

来ていたらきっとわかるし、何よりも寛さんも気がつくはずだって。

「だから、たぶん夏夫くんに関しては大丈夫だとは思うけれども、志織さんのことが何よりも心配だ。もちろん、内縁とはいえ夫が殺されたんだ。それだけでも大変なことだしショックも受けているだろう。その上、何も知らないのに組員がやってきたり」

「ひょっとしたら、長坂さんを殺した組の連中が志織さんを」

「そういう可能性だってゼロじゃないと思う」

「父親は、だから河野さんに頼んでいたんですか？」

夏夫くんが言うと、そうだ、って店長は頷いた。

「少なくとも、落ち着くまでは身を隠すように言ってくれって。できるなら、その手伝いをしてやってくれってね」

＊

志織さん、夏夫くんのお母さんは、本当にきれいな人だった。

みちかのお母さんも、三四郎も塚原先生の話を聞いて言っていたけれど、本当だった。

こんな人が、ヤクザの、暴力団の組長の奥さんになっていたんだ。志織さんは、夏夫くんがいきなり帰ってきて、そして店長と俺も一緒にやってきて驚いていた。

ニュースは、テレビで観て知っていたんだ。

「誰かに確かめたの？」

夏夫くんが訊いたら、首を横に振った。

「誰にも確かめていないわ。確かめようにも、そんなこと訊けるような人はいないから」

「間違いないようです」

店長が言った。

「新聞社に知人がいるんです。長坂とも同級生だった男です。さっきそいつに電話して確かめましたが、間違いなく長坂が撃たれて、あの、言い難いですが、その場で即死だったようです」

志織さんが、小さく息を吐いて、下を向いた。

店長が、また説明した。

自分が長坂さんとは同級生で、親しい間柄だったこと。そして以前に、こんな事態になったときにお願いされたこと。

　志織さんは、唇を引き結んで頷いている。

「本当に、絶対にそんなことにはならない、とは言い切れないと思っていました」

　顔を顰めて、そう言った。

「ごめんね、夏夫」

「謝らなくていい。そんなの母さんのせいじゃない」

　そうだと思う。誰かのせいって話をするなら、長坂さんを撃った男のせいだ。そもそも長坂さんがヤクザなのが悪いって話になっちゃうけど、そんなことを言ってる場合じゃない。

「紺野さん、どこかあてはありませんか。ご実家とかは、ご両親はまだご健在ですか？　すぐに準備していただければ、荷物なども私の車に分散して運べますし」

　志織さんが、首を横に振った。

「無理です。とても実家になど帰れませんし、迷惑を掛けられません」

　店長が、顔を顰めた。

「では、他には」

「なんとか、します。わざわざ来ていただいたのに申し訳ないんですけれど、本当にそういう人たちが来るとは限らないし」

「なんとかするったって、全然あてはないんだろ？　匿《かくま》ってくれる人なんかいないだろうし、いても迷惑掛けることになるから、無理だろ」

夏夫くんが言う。

「どっかの安いホテルでもいいよ。このアパートは絶対にヤクザに知られているんだろう？　ずっと住んでいるんだから」

ホテル暮らし。それは、すごいお金が掛かると思う。

それで、思いついた。

「あの、お母さん。夏夫」

皆が、俺を見る。

「とりあえず、うちに来ませんか？」

「え？」

「うちって、悟んち？」

そう。

「あ、僕、坂城悟っていいます。一ノ瀬高です。店長んところで、〈アノス波坂ＳＳ〉でアルバイトしてます」

志織さんが、ちょっとだけ微笑んで頷いた。

「夏夫から、聞いてるわ。〈バイト・クラブ〉で一緒なのよね？」

「そうです。それで、うちはじいちゃんとばあちゃんしかいないんですよ。父親も母親もいないんです。一軒家なので部屋が三つも余ってるし、店長の隣の家なんです」

店長が、大きく頷いた。

「とりあえず、うちに来れば店長とも連絡がすぐに取れるし。うちは全然大丈夫です。じいちゃんもばあちゃんも店長とはお隣さん同士でよく知ってるし」

「それはいいかもしれません。坂城さんたちなら、事情を話せばしばらくの間は大丈夫でしょう。私もその間に、友人たちと連絡を取りどこか身を隠すいい場所がないかどうか探せますし」

いいアイデアだと思う。

「今、電話借りていいですか？　じいちゃんにすぐ連絡します。夏夫も、いいよね？　うちならむしろ学校も近くなるし」

「本当に、大丈夫か？」

平気だ。

「あまり人には言えない話ですけど、うちのじいちゃん、昔はけっこうならした男らしいです。それこそ、ヤクザ者とも渡り合ったような感じで」

店長が頷いた。

「お店をね、昔はやっていたんですよ。お酒も飲める定食屋みたいなところでね。その辺りを取り仕切ってみかじめ料を取ろうとしていた連中とね。大立ち回りとか、有名でしたよ」

そうなんだ。その辺の話は前からいろんな人に聞いていた。店長からも。

「だから、平気です。きっと力になってやれって言うと思います」

これも内緒だけど、じいちゃん彫り物あるんだ。肩のところに大きな龍の。だからってヤクザ者だったわけじゃないんだけど。

じいちゃんに電話して事情を話した。店長にも代わってもらったけど、もうその前にいいから連れて来いって。そういうことなら、いくらでも居ていいからって。なんだったらずっと居てもいいって。家が賑やかになって嬉しいぐらいだって。

志織さんはすごく悩んでいたけれども、とりあえずは納得した。自分一人ならどうなってもいいけれども、夏夫くんのことを考えるのなら、やはりしばらくの間は誰にもわからないところで静かにしていた方がいいって。

すぐに荷物をまとめ始めて、手伝った。アパートの大家さんにもしばらく留守にするけれども、心配しないでほしいって伝えに言った。なんでも大家さんは、志織さんと長坂さんの関係を知っているんだって。そういえば、アパートの手配も長坂さんがしたんじゃなかったっけ。

緊急の連絡先はうちの〈アノス波坂ＳＳ〉にしておいた。大家さんに伝えたのはそれだけ。それなら、そんなことにはならないことを祈るけれども、誰かが無理やり大家さんに行き先を言わせても全然わからないし、連絡先もただのガソリンスタンドなんだからどうにもできない。

荷物は、貴重品とか服全部とか冷蔵庫にある食料品とか、そういうものだけ。車二台で充分運べる量。

うちには使っていない机もあるしタンスもあるし、もちろん食器とか日用品も全部あるから、二人ぐらい増えたって何でもない。

一ヶ月でも二ヶ月でも、本当にいつまで居たって平気だ。

渡邉みちか　県立赤星高校二年生
〈ロイヤルディッシュ〉ファミリーレストラン　アルバイト

本当に、本当に本当に驚いて。

今までの人生でたぶんいちばん大きな驚き。思わず胸に手を当てて心臓が動いているかどうか確かめちゃったぐらい。

バイトから帰ってきて玄関開けたら、もうお風呂上がりのさよりちゃんとなみえちゃんが二人して台所の食卓にいてものすごい勢いで、ガバッ！　って感じで私の方を見てきて。

お帰り！　って言うのかと思ったら「ニュースとか見た?!」っていきなり訊いてきて。

「ニュース？」

何かとんでもない事件が起きたのかって思ったけど。

「いや、テレビもラジオもないよ」

そんなの流してても誰も観ないし聞いていない。ファミレスの厨房はものすごく忙しいんだから。

「長坂さんが、死んだって」

「ながさかさん？」

誰だそれは、って一瞬思ってしまった。ピンと来なかった。

「夏夫くんのお父さんよ！　暴力団組長の！」

「あっ！」

そうだった。夏夫くんのお父さんは長坂康二。ヤクザの親分。

「え？　死んだってどうして?!」

「撃たれたんだってさ。どこだかのレストランの中で」

なみえちゃんが言って、さよりちゃんも頷いた。

「撃たれた？」

撃たれたってことは、拳銃とかそういうもので。

「え？　暴力団の抗争ってこと？」

「そうなんじゃないかな。それでね、まだ犯人は捕まっていないの。逃走中らしいんだけどね」

さよりちゃんが、慌ててる。珍しい。

「その撃ったのが、黒川くんじゃないかって」

「黒川くん？」

あっ。

「さよりちゃんの幼馴染みの？　黒川優馬？」

暴力団員になってしまったっていう、お母さんの幼馴染み。

「さっき同級生から電話があったの。黒川くんが逃げているらしいって。気をつけろよって」

「なに？　気をつけるって」

「知り合いのところに逃げ込むかもしれないってことだよ。あるいは、警察が事情聴取に来るとかさ。そういうこと」

そうか。逃亡中の犯人が匿ってくれ、なんていうのはドラマでもよくある話。

「え、でもさよりちゃん、いくら幼馴染みでも全然会ってないんでしょ？」

「会ってないけどね。いちばんの仲良しだったのは、同級生たちは皆知ってることだしね」

「あたしが警察でも、そういうところに逃げ込んだり頼ったりするかもしれないって思うわね。迷惑な話だけど、しょうがないね」

しょうがないのか。

いや、それより。

夏夫くん。お父さんが、殺された。

「私に電話とかなかった？」

「ないわ。夏夫くんね。大変よね今頃。どうしているんだろう」

「電話してみる」

もう上がったかな。でも、筧さんなら全部わかってるはず。

「やめておきなさい。向こうもなんだかんだでバタバタしてるかもしれないんだし」

なみえちゃんが言うけど、でも。

「心配だもん」

知らないってことはないよね。どうだろう。あ、〈カラオケdondon〉の厨房にはテレビがある。いつも点いてる。チラッと見えたことがある。

（はい、〈カラオケdondon〉です）

筧さんの声。

「筧さん？　あの、みちかです！」

（おお、みちかちゃん）

「あの、今バイトから帰ってきて母たちからニュースで」

（夏夫の父親だろう？　長坂さんの件）

「そうです！　夏夫くんって」

（もう上がった。悟くんと一緒にな）

「悟くんと？」

何で悟くんと一緒に？

（悟くんがバイトしてるガソリンスタンドの店長さん知ってるだろう。河野さん、あの長坂さんと同級生だって）

知ってる。

（一緒に来て、夏夫を連れて行った。お母さんのところへな。それでな）

ちょっと言葉を切った。

（いや、その辺は電話では話せないな。明日にでも〈バイト・クラブ〉へおいで。夏夫もちゃん

とバイトには出るって言ってたから）

「あ、わかりました。とりあえず、なんともないっていうか、平気なんですね？」

（平気ではないが、夏夫もそれから夏夫のお母さんもとりあえず、なんともない。安心していい。それから、三四郎くんも由希美ちゃんももう知ってる。二人ともさっき来ていたから）

「来てたんですか？」

（その辺もね、電話じゃ話せないから明日にでも）

「わかりました。ありがとうございます」

電話を切った。

二人してずっと私を見て、聞いていた。

「夏夫くんは、普通なのね？」

「普通だって。でも、早く上がってお母さんと一緒にいるって」

「そう」

さよりちゃんが、息を吐いて下を向いた。

「困ったわー。志織ちゃんとまた楽しく会ってお話できるかなって思っていたのに」

そうだよね。この間、再会したんだもんね。それなのに、幼馴染みが夫を殺しちゃったかもしれないんだもんね。

「でも、さよりちゃん本当にその黒川さんとは全然会ってないんだよね？」

「会ってないわよ。もう十年以上も。でも、だからって何でもない顔をして志織ちゃんと会うことなんかできないわ」

「なんていう巡り合わせだろうねぇ」

なみえちゃんも、そう言って溜息をついた。

「それで？　その志織ちゃんのところは、どうするのか何か聞けたのかい」

「ううん」

首を横に振った。

「電話じゃちょっと話せないって」

「まぁ商売中だからね〈カラオケdondon〉さんも」

「でも、明日行ってくる。〈バイト・クラブ〉。三四郎も由希美ちゃんも今日来ていたんだって。だから知ってるみたい」

どうして二人して今日行っていたのかわからないけど。

「ニュースで観たんだろうさ。それで、慌てて行ってみたんじゃないかい」

「そうかもね」

心配して駆け付けたんだ。夏夫くんのことを。

「どうしよう。明日行くけど。夏夫くんに会うけど、その黒川さんのことちゃんと話しておいた方がいいよね」

さよりちゃんが、考える。

「もう前に話したんでしょう？　幼馴染みが暴力団にいるって」

「話した」

名前までは言わなかったと思うけど。言ったかな？　たぶん言ってない。

「じゃあ、隠したってしょうがないわよ」

「まだ犯人って決まったわけじゃないけれどね」

「そうだね」

「明日になれば、また捜査が進展してるかもしれないから。どっちにしても、そういう話があるってことは言っておいた方がいいわ」

そうしておく。

携帯電話があればすぐに連絡取れるのになって思う。でも、まだ買えないよね。それに〈バイト・クラブ〉の皆は、まだ誰も携帯電話持ってないしな。

＊

バイトしている間も気になってしょうがなかった。でも、うちの店にはテレビもラジオもないから何もわからなくて。

バイトが終わって着替えてすぐに店にある電話ボックスに駆け込んで家に電話した。なみえちゃんに確認したけれど、ニュースは何もないって。まだ犯人の名前も出てこないし、逃亡中じゃないかってことだけ。

でも、撃った人間が逃亡中ってことは、警察はもうそれが誰かはわかっているはずだって。確かにそうだなって。

黒川優馬さんじゃなきゃいいなって思うけど。関係はないんだけど、もしも黒川さんだったら、私の母親の幼馴染みが夏夫くんのお父さんを殺したってことが確定してしまって。

うん、気まずいというか、全然関係ないんだけど、微妙だ。

「こんばんは」

〈カラオケdondon〉に駆け込んだら、筧さんがカウンターにいて、微笑んで頷いた。

「いらっしゃい。夏夫ももう部屋にいるよ。他の皆もいる」

「そうですか。ありがとうございます」

「あぁ、みちかちゃん」

筧さんが、急いで行こうとした私を呼び止めた。

「はい」

「話は皆から聞けるけれどね。そこで聞いた話は、全部内緒だ。他の誰にも、みちかちゃんの親にも全部内緒の話だ。誰にも教えちゃ、ダメだよ」

どういうことかわからないけど、筧さんの顔が真剣だった。

「わかりました」

ってことは、なんのことかわからないけど、筧さんも誰にも言ってないってことだ。

七号室の扉を開けたら、皆がいた。

夏夫くんも三四郎も由希美ちゃんも悟くんも。

「お疲れ」

「お疲れ様。皆早かったんだね」

急いで座った。由希美ちゃんの隣。

「それで」

「待ってた。たまたまなんだけど、みちかが最後だったんだ」

「なんの最後？」

「話を全部知るのが最後」

「どういう話」

夏夫くんのお父さんのことだろうけど。

「夏夫くんと、お母さんの志織さん。坂城家にしばらくいることになったんだ」

「坂城家？　悟くんの家ってこと？」

悟くんが、話してくれた。

実は偶然由希美ちゃんがその現場、長坂さんが撃たれたっていうレストランがあるビルの上にいたって。びっくり。とんでもない偶然。

そして、悟くんのバイト先の店長さんが、長坂さんに頼まれていたっていうの。だから、悟くんが店長さんと一緒にここに来た。由希美ちゃんも三四郎に話して心配してここまで来た。

そしてお母さんのところに、夏夫くんの家まで行って、悟くんが言ったんだ。

ひとまず、坂城家に来ればいいって。

坂城家は長坂さんには一切、何の関係もないから身を潜めるにはちょうどいいって。そして店長さんも隣の家にいるから、この先のことを相談するのにもいいからって。

なるほど。

「何もかも内緒の話だよって寛さんが言ってたけど、そのことね」

「そう」

皆が頷いた。

「俺は別として、由希美ちゃんも三四郎も、誰にも言わないし話題にもしない。みちかちゃんもね」

わかった。そういうことなら、そりゃそうだと思う。

「でも、身を潜めるって、どれぐらい」

「わかんないけどな」

夏夫くんが言う。

「とりあえず、犯人が誰かわかって捕まって、そして暴力団同士の抗争がそれ以上もう続かないってことがわかるまで、かな」

「そう」

それ。

「あのね、夏夫くん。言っておかなきゃならないことがあるんだ。そしてこれも内緒の話かも」

「なに」

「私のお母さん、ほら夏夫くんのお母さんの志織さんと同じ高校で先輩で」

「うん」

「それで、幼馴染みが暴力団にいるって言ってたって話は、したよね？」

したね、って皆が頷いた。

「その人が、犯人かもしれない。長坂さんを、撃った人」

菅田三四郎　私立蘭貫学院高校一年生
〈三公バッティングセンター〉アルバイト

同じだな、って思っていた。

あのサリンの事件で平和があっという間に崩れてしまって、でも事件と関係ない人の平和は崩れることもなくずっと続いていて、仕事も学校もなんの変わりもなく続いていく。そんなふうに思ったのは中三のとき。

事件や出来事は、身の回りで突然起こる。

でも、自分に関係のないことなら、普段の生活は変わりなく続いていく。

夏夫くんの父親が殺されても、殺した犯人がみちかちゃんのお母さんの幼馴染みでも、その周りにいるだけの僕らの生活には変わりがない。

悟くんの暮らしには、大きな変化が起きているけれど、それは悟くんが自ら起こした変化だ。

夏夫くんのために。

夏夫くんとお母さんが悟くんの家に移ってもう十日になる。

そして、間違いなく夏夫くんのお父さんを殺した人は、まだ警察に捕まっていない。

ずっと逃げているみたいだ。

みちかちゃんのお母さんはその逃げている男と、昔はすごく親しくて、何か知っていないかって警察が事情を訊きに来たり、その男が逃げ込んできたりしたらどうしようって心配していたらしいけど、今のところみちかちゃんのところでも何の変化もない。

そして、夏夫くんの住んでいたアパートにヤクザな人たちが来ている様子もない。

だけど、その敵対する暴力団同士の争いは確かに起こっているみたいで、ガソリンスタンドの店長さんが知り合いの記者さんからいろいろ聞いてわかっている。ニュースに出るような、また人殺しとかは起こっていないみたいだけど、争い事は確かに起きていて、進行中なんだ。

夏夫くんとお母さんはいつまで隠れるようにしていればいいか。

どうやったら、もう何も起こらないだろうから安心だ、っていうのがわかるのかが、わからない。

悟くんの家では本当にいつまででもいてもいいし、何だったらこのままここに住んでもいいから、なんてお祖父ちゃんお祖母ちゃんは言ってるって。家族が増えたみたいで嬉しいんだって。

東京にいる悟くんのお母さんにも一応連絡は入れたけど、全然構わないって。できるだけ力になってやりなさい、って言っていたらしい。

悟くんのお母さんは、自分で産んだ我が子を育てていないというか、育てることができないって自分で言ってるちょっと不思議というか謎の人だけど、その他の点ではものすごくいい人みたいなんだ。

僕らには何もできない。

何かしてあげられないかって考えたけど、何もないんだ。

夏夫くんには、何か必要なものがあったり、僕らにできることがあったらいつでも何でも言ってくれって伝えてあるけど、たぶんそういうものは、そういうことは悟くんの方で用意してるし、できるだろうし。

殺された長坂康二さんの友人でガソリンスタンドの店長さんもすぐ隣りにいて、今後のことでいろいろと手を尽くしているらしいし。

できることがあるなら、したいんだけど、何もない。

でも、思いついたんだ。


「おじいさん？」

バイト中に、三公さんに訊いてみた。

「あの野球の上手いおじいさんって、連絡取れるんでしょうか」

毎週一回は来ていたように思ったけど、ここ最近は来ていないんだ。三公さんは、ちょっと首を傾げた。

「おじいさんは、西森《にしもり》さんだな」

「西森さん」

名前を初めて知った。

「西森、茂二朗《しげじろう》さんだったかな。自宅の場所はわかるし、電話番号もまぁ住所から調べればすぐにわかるけれど、なんで？」

「会いたいんです」

三公さんが、ちょっと不思議そうな顔をして、僕を見る。

「また何か教えてほしいとか？　それなら、そのうちに来たときに訊けばいいだけの話だぞ」

「あ、でも今週は来ていなかったし」

あー、って少し考えた。

「そういえば今週はまだ来ていなかったか。でも、縁起でもないけどお亡くなりになったのならすぐにわかるだろうし」

「わかるんですか？」

三公さんがちょっと肩を竦めてみせた。

「いろいろとね。たぶんすぐわかるんだよある意味では有名人だから」

そうなのか。新聞のお悔み欄とかに大きく出るんだろうか。そういうのは見たことあるけれど。

「でもそういうことじゃないのかな？　何か他にあるのかい？　会いたい理由が」

理由が、ある。

夏夫くんに関してだ。

でも、いくら三公さんがいい人でも、夏夫くんが殺された暴力団の組長の息子なんだっていうことを簡単に話すわけにはいかない。夏夫くんとお母さんが隠れているのも、今のところ僕たちだけの間の秘密だ。

「あの、おじいさん。西森茂二朗さん、ですか？　前に昔はヤクザの親分みたいな人だったたって言ってましたよね」

あぁそう、って感じで三公さんが頷いた。

「本当に、ヤクザの親分だったたんでしょうか。そして今でもその辺に顔が利くとか、いろいろ事情を知ってるとか、そういうのはどうなんでしょうか」

三公さんが顔を顰めた。

「なんでそんなこと知りたいんだ？」

それも、言えない。教えられない。どう答えようか迷っていたら、三公さんが何かに気づいたように言った。

「ひょっとしてこの間、なんか抗争とかで殺されたっていう組長とか、その辺のことには詳しいんだろうかどうかってことなのか？」

鋭い。どうしてわかったんだろう。

「実は、そうなんです」

「何で？　何で三四郎がそんなこと知りたいんだ？」

「詳しくはちょっと話せないんですけど、もちろん僕はその殺された組長さんとかに会ったこともないしまったく関係もないんですけど、でも、ちょっとだけ、その、関係みたいなものはあるんです」

「何だいそれは？」

わからないですよね。変な表現をしてるっていうのはわかってるけど。

「話せないんですけど、でも、変なことじゃなくて、大事な人が困っているんです。その困っているのをなんとか助けてあげたいんですけれど、ひょっとしたら」

「元ヤクザの親分だったら、その大事な人を助けられる方法がわかるかもしれない、あるいは何か知ってるかもしれないってこと？」

「そうなんです」

全然関係ないかもしれない。

元ヤクザの親分でも何にも知らないかもしれないし、知っていてもどうにもできないかもしれないけれど。話だけでも聞けないだろうかって考えた。

今の夏夫くんとお母さんの苦しい状況を打破できるような情報とか、方法とかを。

ふぅん、って感じで小さく頷いて、三公さんは僕を見ている。

「まぁ察するに三四郎の親しい人が、あの事件のせいでいろいろと迷惑を被っているんだな？それをなんとかしてあげたいんだけど、もしも解決できるとしたら本当にヤクザさんに近しい人だろうって考えたわけだな？　それで西森さんのことを思い出した、ってことか？」

「そうなんです」

今度はうーん、って唸って三公さんは腕を組んだ。

しばらく考えている。

「誰かのためにそういう気持ちになれるっていうのは、まぁ人としては素晴らしいことだけどな。

でも、ヤクザなんていう連中にはかかわり合いにならないのが絶対にいいってことは、わかるよな？」

「わかってます」

いいや、経験がないから本当の意味ではわからないけれど、理解はできます。

「もしも、俺が西森さんのことを教えてお前が会いに行ったりなんかして、そのせいでお前がとんでもないことになってしまったら俺がものすごい後悔をするってことも理解できるよな。三四郎は賢いものな」

そうだった。

「わかります」

「でも、まぁ名前を教えちゃったからな。その気になれば住所も電話番号も調べられるだろうし、ある意味では有名人だからなぁ。三四郎が勝手に調べちまって会いに行くこともできるんだよな」

そうなりますね。

三公さんが、しょうがないか、って言った。

「三日待てよ」

「三日？」

「明日明後日《あすあさって》は土日だ。今日もまだ夕方だ。たぶん、西森さんはこの週末二、三日の内に来るよ。そのときに俺が間に入るよ」

「間に入る？」

「アルバイトとはいえ、俺はお前の雇用主。そしてここは全て俺が管理してる場所。そこで俺が立ち会ったことなら、俺が責任が持てる。だから、ここで西森さんに話してみろ。ここで俺も入って話をする分にはお前に何か不都合なことなんか起こらないし、西森さんも起こさせないよ」

ここで。〈三公〉バッティングセンターで。

「でも、それじゃあ三公さんに」

迷惑が掛かってしまうかもしれない。そう言ったら、三公さんが肩を竦めて見せた。

「今言ったばかりだろ。ここで起こることは全部俺が責任を持てる。持てるからやっている。だから、まずは全部俺に話してみろ。その大事な人のことも。悪いようにはしないし、もちろん秘密は守る」


そういうことか、って三公さんが何度か小さく頷いた。

全部話した。もちろん関係のないところは抜かして。

〈カラオケdondon〉でバイトしている夏夫くんと仲良くなって、そして夏夫くんの実の父親が殺された組長で、今はそのとばっちりを受けないように、あるところに隠れるように住んでいるんだってこと。

できれば、いつになったらそんなふうにしなくて良くなるのか知りたい。あるいは、今でもそこまでしなくてもいいから普通に暮らしていいとか、どんな些細なことでもいいから知りたい。

驚いたのは、三公さんは〈カラオケdondon〉の筧さんを知っていた。

「同じ町で商売やってる者同士だし、そんなに年も離れていないしな。筧は確か第一高校でバスケ部じゃなかったかな」

「え、そんなことまで知ってるんですか」

「同級生のバスケ部で仲の良い奴がいてね。筧ってのはけっこう凄い選手で、中学の頃からバスケでは有名だったそうだぞ」

そうだったんだ。

筧さん意外とスポーツマンだったんだ。

「なるほどね、〈バイト・クラブ〉か。筧は〈カラオケdondon〉でそんなことやっていたのか」

知らなかったな、って何か嬉しそうに微笑みながら頷いている。

「うん。その〈バイト・クラブ〉の子だったら誰でも連れてきていいぞ。ボール打ちたいって子がいたらな。ただでいくらでも打っていいからな」

「いいんですか」

にっこり笑った。

「筧の真似事してみるさ。苦労して頑張ってる若者にな。まぁここはバッティングセンターだから、好きに打ってくれってことしかできんけどな」

「みんなに言っておきます」

たぶん、男子は皆野球は好きだ。女子はわからないけど。

「わかった、訊いてみよう。西森さんにな。俺が同席して一緒に話してみるよ。何もわからないかもしれないけどな」

＊

西森さんは、土曜日の夕方にやってきた。ちょうど僕もバイトに入っていたとき。いきなり話を聞いてもらうのはやっぱり失礼なので、西森さんがいつものようにケージに入って、打ち終わるのを待った。

三公さんが、話しかけた。ちょっと話を聞いてもらえないだろうかって。西森さんは、暇だからいいよって。ロビーにあるベンチに座ってもらった。

素直に、全部話した。

夏夫くんとのことを。この先どうやって過ごしたらいいのか、何かわかる方法とか手段とかがわかるのなら教えてもらえないかって。

西森さんは、ロビーのベンチに座って、うんうんって何も言わずに頷きながら話を全部聞いてくれた。

「なるほどなぁ」

頷いて、唇をへの字にして僕を見ている。

そして、ちょっと笑った。

「三四郎くんだったか。あの姿三四郎と同じ名前の」

「そうです」

字は、菅田三四郎ですけど。

「友達思いなのはいいこったな。そういう気持ちというか、気質みたいなもんは死ぬまで大事にしといた方がいいな。もちろん気質ならそう簡単には変わらん」

そう言って、小さく息を吐いた。

「長坂な」

そうだったな、って西森さんは呟くように言って、続けた。

「あいつもな、そんなふうにな、人を大切にするようないい気質を持った男だったんだがな。ヤクザには似合っとらんかったが」

「あ、やっぱり知っていたんですか」

三公さんが訊いた。

「一応はな。まぁあれだよ。会社を定年退職したサラリーマンが、新しく就任した社長の若い頃を知ってるようなもんだな。昔の部下だったみたいになぁ」

昔の部下。

「私はねぇ、まぁ確かに昔は暴力団の組長みたいなことやっとったけどな。ちょいと違うと言えば違うんだが、系列でいやぁ長坂んところとまぁ同じようなもんだな」

系列って、何となくわかる。

暴力団にも天辺《てっぺん》にいるところがあって、その傘下にいろんな組があるとかないとか、そういう話だと思う。

「どうでしょうか。今、その長坂さんが殺されたことで、抗争みたいなことは」

「ちらほらやっとるな。ただ、今回のはなぁ」

ちらりと僕を見た。

「高校生の坊ちゃんに聞かせるような話じゃないんだが、まぁしょうがないか。ありゃあ、組同士の抗争っちゅうよりは、ほとんど個人の恨《うら》み辛《つら》みみたいなもんだと、思っとるんだがな」

「個人の、ですか」

三公さんだ。

「ということは、殺された長坂組長と、逃げているらしい、何だったかな名前は」

「黒川優馬です」

「その黒川の間で、組とは関係のないいざこざがあって、それが大事になってしまったってことですかね」

そういうことだろうな、って西森さんが言う。それから、ふむ、って少し何かを考えるように上を向いた。一度、小さく息を吐いた。

「長坂に子供がいるっちゅうのはまるで知らんかったな」

「そうなんですか?」

思わず訊いてしまった。知っている人もいるって話だったけれど、意外と知られていないんだろうか。

「なんもかも知ってるわけではないわ。それっぽい言い方をすれば、足を洗ってもう二十年にもなる。おまけに本当のことを教えてしまえば、暴力団の組長みたいなことは確かにやっとったが、実際は金庫番だったんでな」

「金庫番」

「会計士だよ。もちろん本物のね」

三公さんが、すごく驚いていた。会計士って、なんか難しい資格だったと思うけど、詳しくはわからないけど。

「そんなこと、教えてもらっていいんですか」

「別に秘密にはしとらんよ。話す必要もないから誰も知らんだけでな。今は本当にただの一般人だからの」

「組長さんじゃなかったんですか」

西森さんが、苦笑した。

「まぁ表向きは、ヤクザに表向きも何もないか。そういう話にはなっとるんだがな。実質はただの金庫番、会計士に過ぎんかったんだよ。ただまぁ、金庫番といやぁ、組の生命線みたいなもんだ。大事にされる。だから、こうやって足を洗っても五体満足で平和な暮らしをしてられる」

「そうだったんですね」

「まぁ、それは別にどうでもいい話さ。確かに、その長坂の奥さんと子供の件は気の毒だわな。

気になって夜も眠れんだろうし、子供のためにも良くない」

　僕を見て、にっこり笑った。

「いいぞ。何ができるかわからんが二、三日待っとくれ。あちこちにいろいろ訊いてみるから
な」

「あの」

「なんだい」

「訊いといて何なんですけど、もしこのことで西森さんにご迷惑が掛かったりするなら、それも
とても困るんですけど」

　言ったら、笑った。

「気にせんでもいい。もう自分の年も忘れちまうような老い先短い老人だよ。何があろうと大往
生だし、そもそもこんな老人があれこれ動いても誰も気にしたりはせんよ。電話して訊くだけだ。

心配せんでいい。年寄りがな、若いもんに頼られるっちゅうのは、嬉しいもんなんでな」

　大丈夫だ、って僕の肩を叩いた。

「それで、連絡はここにすりゃあいいな？　店長さん」

「はい、ここにお願いします」

「わかった。待っとれ。できるだけやってみっから」

*

二、三日って言ったけれど、その日から一週間、西森さんから連絡はなかったし、バッティングセンターにも顔を出さなかった。

心配になったけど、何かあったならすぐにわかるから安心しろって三公さんが言っていた。

それで、日曜になった。

その日の昼に、西森さんが来たんだ。

一人じゃなかった。

青いジャージの上下を来て、スポーツバッグとバットケースを肩から提げた、中年の男の人と一緒に。すぐに受付のところに来て、西森さんが小さな声で言った。

「ケージの後ろ側に入れるだろう？」

「入れます」

ネットの後ろであれば。

見学だけのお客さんが入るのは危ないのでやめてもらっているけれど、何人かで一緒に打ちたいときには、大人であれば許可している。子供たちだけでは、ダメ。

「こいつと話をしてくれ。誰に見られるかわからんから、用心のために、打ちながらこいつが話すからな」

打ちながら。

ジャージを着た男の人は、ほんの少し微笑んだ。背が高くて、きっと一八〇ぐらいはある。身体もたぶん鍛えてる。年は、わからない。三十とか、四十とか、とにかく中年の男の人。

「特に君から話さなくてもいいからな。こいつの話を聞いて、質問に答えておけばいいから。何も心配ない」

「わかりました」

受付して、ちょうど空いているケージに案内した。西森さんは、ロビーのベンチに座って煙草《たばこ》を吸って、三公さんと話を始めている。

男の人は慣れた様子で、バッティングの準備を始めた。

すぐにわかる。この人は、野球の経験者だ。それも、かなりの実力者。ただ草野球しかやっていない人と、本格的に野球をやっている人の違いは、バットを持って振り始めたらすぐにわかる。

「高校で野球をやっていたんだよ」

とても、よく通る声だった。そしてどこか優しい響きがあるいい声。

「そうですか」

やっぱりそうだった。一球目を打った。いいスイング。きっとスラッガーだった人だ。そして今もずっと野球をやっている人。

「今も草野球だけどね。やってる」

「ポジションは」

「主に外野だね。キャッチャーもできるよ」

「肩が強いんですね」

「そうだ」

こっちは見ないけど、嬉しそうに笑ったのがわかった。

「それで、お母さんと息子さんのことだけどね」

夏夫くんとお母さんのことだ。名前を出さないのは、念のためなんだなってわかった。

「はい」

「心配しなくていい、と伝えていいよ。もう誰もお母さんのことをどうにかしようなんて考えている人はいないから」

「本当ですか」

「うん。そもそも知っている人が少なかったからね。確かに事が起こったときにはお母さんを担ぎ出そうと考えたのもいたんだろうけど、持ち出しても全然メリットがないからね」

「メリット」

「得がないってことだよ。持ち出して何かいい結果が出ると考えられるのならいろんな人が狙っただろうけど、そうじゃないってさすがに頭の悪い連中でもわかったからね」

そうなんだ。

「もちろん、息子さんもね。普通に暮らしても大丈夫だよ。ただね」

ホームランが出た。上の方にある的に当たるとホームランなんだ。

この人、巧い。バットコントロールがすごく良くて、ミート力がとても高い。普通に社会人野球とかやってもいいんじゃないかって思う。

「でも、探せば簡単に見つかるからね。だから、できれば今の部屋からどこか違うところへ引っ越した方が、この先もずっと安全だと思う」

違うところ。

「違う県とかにですか？」

「いや、そこまでしなくても大丈夫じゃないかな」

ずっと長い間暮らしているから、そこから動けばいいだけって。

「息子さんの学校の関係もあるだろうから、まぁ今のところから何駅か離れた町に行けばいいだろうね。引っ越し費用などは、大丈夫だ。お母さんにお金が入る」

「お金？」

またホームラン。二回も出るなんて凄い。

ホームランを打った人には景品が出る。新品のバットとかボールセットとかの野球用品の他には、子供向けにプラモデルとかもあるけど、この人はいるだろうか。後で訊かなきゃ。

「保険金というものだ。大抵の人は保険に入っていて死亡時には受取人が受け取れる」

暴力団の人でも、保険に入れるのか。

「受取人が、お母さんだったんですか」

「そういうことだね。それで、僕がそれを担当できる」

担当。

そこでちらっと僕を見て、微笑んだ。

「そういう仕事をしている人なんだよ。僕は」

ヤクザの人ではないのかな。

「ただ、やはり接触はしない方がいい。お母さんにも息子さんにもね。今はどこかに隠れているそうだね？」

「そうです」

「手助けしてくれている人がいるそうだね。その人と会えたりできるかな？」

「できます」

〈アノス波坂ＳＳ〉ガソリンスタンドの店長さん。河野さん。

「ここみたいに、お店をやっている人です。そこの店に行けば誰でも会えます」

「何のお店かな？」

「ガソリンスタンドです」

それは言っていいものだ。

おう、って思わずみたいな感じで声を出した。

「それは好都合だ。どこだい？」

「〈アノス波坂ＳＳ〉の店長です」

うん、って頷いた。

「わかる。じゃあ、君から皆に今の話を伝えておいてくれ。僕は二、三日中に電話してから〈アノス波坂ＳＳ〉に行くからって。僕の名前は、三隅《みすみ》だ。三隅佑三《ゆうぞう》っていう」

「みすみゆうぞうさん。わかりました」

「よし」

最後の一球。

またホームランだ。

「あの、ホームランには景品が出るんですけど、いりますか？」

こっちを見て、笑った。

「いらないかな。誰かにあげてもいいよ」


三隅さんは、そのままバッティングセンターを出ていった。西森さんはまだロビーのベンチに座っていた。

「あの、ありがとうございました」

にっこりと微笑む。

「何も聞いとらんが、まぁまぁ上手く行きそうなようだな？」

「はい。良かったです」

何よりだ、って言って立ち上がった。

「あの男は頼りになる。私はもういつどうなるかわからんからな。もしも、もしもだぞ？　この先の人生で、君やその友達に長坂の絡みで何かが起こるようだったら、相談してみるといい。連絡先は聞いたか？」

「いえ、何も」

「じゃあ、この後に誰かに教えるはずだから、それを聞いておけ」

じゃあな、って手を上げた。

「あの、三隅さんホームランを三本打ったんです」

「おお、凄いな。話に聞いてたがなかなかのもんだな」

「景品はいらないから誰かにあげてもいい、って言ってたんですけど、西森さん、どうですか」

眼を丸くした。

「いいな！　孫にやろう。野球部に入るんだ」

「あ、ちょうどいいです」

バットもボールもある。グローブも、ひとつだけ残っている。

今日は、〈バイト・クラブ〉に行く予定はなかったけど、すぐに伝えた方がいいと思うから、行こう。

そこで、店長の河野さんにも電話しておけば、大丈夫だ。

塚原六花　三十五歳
私立蘭貫学院高校教師

〈澄明寺〉の裏側。裏通りに面したところにある離れ。普通の瓦屋根の平屋なのでお寺のなにかなんだろうと誰もが思うところ。でも、そこにまるで道場みたいな大きな木の看板。

墨文字で〈尾道グラフィックデザイン〉。笑ってしまった。

「いいところだろう？」

お寺の正面から入っていって、普通は誰も通らないであろう本堂の脇の小道を抜けたら玄関の前で尾道くんが、まるでお寺の小僧さんのように、大きな竹箒でサッサッと掃除していて。

「手慣れたものなのね。似合ってる」

「子供の頃からやらされていたからな」

そうなんだね。お寺の息子さんなんだから、そうなのか。付き合っていた高校生の頃には感じたことなかったけれど、そう気づいてみれば尾道くんは、何をするにしても動作というか、所作がきちんとしている。きっとお寺のお手伝いで、自然に身に付いたものなんだろうな。

「どうぞ、むさくるしいところですが」

「失礼します」

むさくるしいなんてとんでもない。座敷に机が並んでいてその上にMackintoshのパソコンが並んでいるという和洋折衷《わようせっちゅう》というか、文化と時代の落差感覚がとてもおもしろいけれども、清潔感があるお部屋。

「本当に、一間だけの離れなのね」

「そう、他にあるのは奥の台所とトイレのみ。風呂は母屋というか、庫裡《くり》の方にあるからね」

庫裡というのは、お寺に付いている自宅のことね。要するに尾道くんの実家。

「寝るのも、向こう？」

「向こうにも俺の部屋は残っているけれど、そこの押し入れを開けるとベッドになっているから大抵はそこで寝る」

笑ってしまった。

「子供の頃の夢みたいね」

「まさしく」

押し入れをベッドにするなんて、たぶん誰でも一度は考えることだと思う。

「コーヒー淹れるよ。そこに座ってて」

二つ並んでいる机のひとつ。どことなくアメリカンな感じのする古ぼけたような革張りの椅子。きっとこれ、アンティークだと思う。デザイナーという人種は、生活全てにおいて〈デザイン〉という感覚を持ち合わせていないと、やっていけないんだろうなって思う。

紺野さんが、志織さんのことが心配だった。

長坂さんが殺されたというショッキングなニュース。本当にびっくりしたけれども、いつかそんな日が来るんじゃないかっていうのは、何となく思っていた。

志織さんとも昔、まだよく会っていた頃にそんな話をした。ヤクザなんて、いつどこで殺されるかわかったものじゃない。そのときは、私も一緒に殺されたいな、なんてことまで、志織さんは口にしていた。まったく理解できない感覚だけれども、志織さんが、深く深く長坂さんを愛していることだけはわかっていた。

連絡を取り合うことが減ったのは、私が大学を卒業して教師になってからだ。忙しくなったのはもちろんだけれども、やっぱり暴力団関係者と親しくするのは教師としてどうか、という思いも少しはあったんだ。たぶん、志織さんもそうに思っていたはず。

だから、ずっと、長い間お互いに連絡を取り合うなんてことはなかったけれども、私たちはあの頃確かに仲の良い友人になっていて。一人、あの人の元に走っていった志織さんを心配していて。

暴力団の組長である長坂さんが殺されたということは、内縁とはいえ志織さんはどうなったのか。今、どうしているのか。

十数年ぶりに訪ねてみたアパートには誰もいなくて、どこに行ったのかもわからなくて、息子さんの夏夫くんがバイトしている〈カラオケdondon〉に行って確かめてみようとも思ったのだけれども。

伝統と格式ある蘭貫学院の教師として、その行動にも品位が求められる。

三四郎くんがバイトしているバッティングセンターに何度か通ったけれど、それを見た父兄から学校に連絡が入っていた。

バッティングセンターに行ってはいけないなどということはないけれども、女性教師が一人で行くべきところではないのではないか、などというお小言を貰ってしまった。わかってはいたけれども、やっぱりか、と。それがテニスコートだったらきっと何も言われなかっただろうに。学生時代の仲間とレストランで食事をしていただけで、男一人に女三人という構成だったのにもかかわらず、変な風に曲解されて噂になったこともある。

だから夏夫くんに会いに一人でカラオケ店に行くことも、憚られた。誰かに確かめたかった。志織さんが無事なのかどうか。どうしているのか。

尾道くんなら、きっとわかると思ったんだ。〈バイト・クラブ〉に出入りしているんだから夏夫くんとも会っているはず。それに、お寺の境内に入っていくところを誰かの父兄に見られたところで、何を言われることもない。

コーヒーのいい香り。

小さな丸いハイテーブルがあって、尾道くんがそこにコーヒーを満たしたマグカップを置いた。隣の机の椅子に、座る。

「まぁしかし、確かに驚いたよ、殺されるなんて。俺にとってはまったくの赤の他人だったけれど」

「うん」

私にとっても赤の他人なんだけれども。

「少なくとも、高校生の頃から知ってはいた人だったから」

「直接話したことはあったのか?」

ちょっと首を傾げてしまった。

「お店でね。志織さんが手伝っていた喫茶店に、たまたま私もいて、長坂さんもいて、単に店にいた者同士で何気ない会話はしたことある」

志織さんが私に学校での話をして、カウンターでその話を聞いていた長坂さんが、自分が高校の頃にはこんなことがあった、なんていう笑い話をして。

「そういう会話は、何度か」

「まぁ、あるよな。同じ店の常連ならそういうのは」

それぐらいだった。

「たぶん、向こうは私のこと覚えていなかったと思うな」

「いや」

尾道くんが、軽く首を横に振る。

「覚えていたと思うな。志織さんとその店で一緒にいた高校生なんて、六花ぐらいだったんだろ?」

「そうかも」

「だったら、覚えていたさ。自分が愛した人の友だちだ。間違いなくな。俺だったら絶対覚えている」

まぁそれはともかく、って続けた。

「志織さんは、無事だよ」

何となく、尾道くんに電話したときの感じからわかっていたから安心してはいたんだけど。

「俺もこの間聞いた話だったんだけどな。ここんところ忙しくて〈バイト・クラブ〉にも顔を出していなかったし」

「そうなんだね。あ、忘れてた！　受賞おめでとう！」

笑った。

「サンキュ。知ってたのか」

「新聞に出ていたよね」

出版社が主催する小説の新人賞を、尾道くんが受賞していた。

「いろんな人から電話あったんじゃないの？」

「けっこう来たな。お前、俺と友達じゃないだろっていうのも。六花からは来なかったけどな」

ごめん。後で電話しようと思っていたのに、こんな事件が起こったものだからすっかり頭の中から抜けてしまっていたんだ。

「作家としてデビューできるんだよね？」

嬉しそうに、頷いた。

「受賞作が、そのまま本になる」

「いつ出るの？」

「来年早々」

「え、そんなに遅く？」

受賞したら、すぐに出るものと思っていたのに。

「さすがにすぐには出ないさ。もう作業はしているけど、校正というか、手直ししてる。それが終わってからだからな。本っていうのはどんなに急いでも出版するのには一ヶ月や二ヶ月はかかるものなんだ」

「印刷とかもしなきゃならないんだからね」

「そういうこと。いや、それで志織さんのことだ」

「うん」

尾道くんが煙草を取って、火を点ける。

「やっぱり、事件を知って、すぐに部屋を出たらしい。最初の行き先は〈バイト・クラブ〉にいる坂城っていう一ノ瀬高の生徒の家だ」

高校生の家？

「どうしてそんなことに？」

「たまたま偶然、というより話を聞いて俺はもう運命というか、必然というか、すごいものを感じたけどね。その坂城がバイトしているガソリンスタンドの店長が、長坂さんと同級生で、まぁ親友みたいなものだったんだ」

「そうなの？」

それは本当に、すごい偶然。

「坂城の家っていうのは、おじいちゃんおばあちゃんしかいなくてな。しかもその店長さんの隣の家。部屋は空いているから、すぐに身を隠した方がいいってことでな。何でもその店長さんは、生前から長坂さんに頼まれていたらしい」

長坂さんに。

「自分に何かあったときのことを？」

「そうだな。もしも、自分が抗争とかに巻き込まれて死ぬようなことがあれば、志織さんに火の粉がかからないようにしてやってほしいって。最初に夏夫や志織さんに連絡してきたのも、その店長さんだった」

思わず、頷いてしまった。

「わかる」

「わかるって？」

「私が知ってる長坂さんは、そういう人だった。確かに暴力団員だったんだけど、きちんと人のことを考えられる人だった」

間違いなく。だからこそ、一緒になるなんてとんでもないことをするなって志織さんのことを思っていたけれども、長坂さんが志織さんを大切にすることだけは間違いないだろうとも思っていた。

「じゃあ、今もその坂城さんの家に？」

「いや、別のアパートに引っ越しが決まったみたいだ。それも驚いたんだがな、三四郎が凄いことをやってのけた」

「三四郎くんが何を？」

「たとえ一時期身を隠しても、一体いつまでそうしていればいいか、わからないだろう？」

期限か。確かにそう。

「誰かに訊くわけにもいかないし、訊かれたって答えようもない質問になっちまう。三四郎は何かできないかって考えたときに、たまたまバッティングセンターに来ていた元暴力団の組長だったっていうおじいちゃんに訊いたんだってさ。何とかする方法はありませんかって」

「そんな人が来ていたの？」

「常連さんでな。俺も顔だけは知っていた。後から聞いて、あぁあのおじいちゃんかって」

三四郎くん、そんな度胸があったなんて。

「凄いわね。元組長に直接訊いたの？」

「あそこをやってる三公さんを通してだけどな」

三四郎くん。アルバイトを見て見ぬふりをしている私としては、目立つような真似はしてほしくないんだけれど。

でも、わかる、三四郎くんはそういう子だよね。

「それで、わかったの？」

「わかったらしいな。その辺、詳しいことは聞いてないしわからない。とにかく、そういう術《すべ》を持っている人から、いくら暴力団がバカの集まりでも、死んだ組長の内縁の妻をどうこうしようって考えた奴はいないってさ。ただ、念のために引っ越しだけはした方がいいってアドバイスを貰ったらしい」

それで、引っ越しを。

「しかもその人は、長坂さんが残した死亡保険金をきちんと志織さんが受け取れるようにしてくれた」

死亡保険金。

「ヤクザでも入れるのねそういうの」

「そうみたいだな。それで、引っ越し費用もできたし、不幸中の幸いって言ってはなんだが、夏夫の進学資金までできてしまった」

「あぁ」

そうか。夏夫くんは高三。もう時期的には遅いけれども、進学か就職かをきちんと決めなきゃならない。

「今までは就職するつもりだったのかな」

「本人はいろいろ悩んでいたらしいがな。何がきっかけになるかわかんないもんだ。大学に行こうと決めたらしいぞ。まだなんとか間に合うだろ？」

「もちろん」

志望校と本人の頑張り次第ではあるけれども、遅いけれども間に合う。

「じゃあ、何も心配はないのね」

「とりあえずはな。仮に何かあったとしても、その保険金とかをやってくれた人に言えば、何とかなるみたいだったな」

良かった。

「引っ越しはいつとか、住む場所とかは」

「わかるよ。手伝うからさ」

「あなたも？」

にやっと笑った。

「とにかく節約しなきゃならないから、レンタカーでトラックを借りて荷物を皆で運ぶそうだ。で、トラックを運転できてフリーで動けるのは、あいつらの周りでは俺ぐらいしかいないからな」

渡邉みちか　県立赤星高校二年生
〈ロイヤルディッシュ〉ファミリーレストラン　アルバイト

黒川さん、夏夫くんのお父さんを殺した犯人が捕まったってニュースになったのは、金曜日の夜にバイトしているとき。

私が知ったのは、家に帰ってから。さよりちゃんも仕事に行っていたけど、なみえちゃんが教えてくれた。

「捕まったよ、あの子」

「黒川さん？」

「そう。東京でね」

東京にいたんだ。

なみえちゃんには、自分の娘の同級生。幼馴染み。小さくて可愛い男の子だった頃を知っているんだよね。

そんな子が、大きくなってヤクザになって、しかも人を殺して逃げちゃって。まったくねぇ、って溜め息をついていた。しかも、殺したのは孫である私が仲の良い友達の父親なんだから。

自分の人生も決して平凡なものじゃないとは思っていたけれど、まさか老い先短くなってからこんな出来事に出会すなんてね、ってまた溜め息をついた。

でも、ちょっとホッとした。捕まったんだ。

夏夫くんもきっとバイト中に、ニュースを見たはずだ。父親が殺されても悲しくもなんともない。どうせならしっかりと顔を合わせてから死んでくれれば良かったのにな、なんてふうにも言っていたけれど。

お母さんだけが心配だって言っていたから、これでちょっとは安心するんじゃないかな。

「さよりちゃんも、複雑だろうけど良かったって言うよね」

「そうだね。ひょっとしたら、罪を償ってまた会えるときが来るかもしれないね」

そう思う。全然会っていなかったけれど、仲の良かった幼馴染みだったことは、間違いないんだから。

「まぁ志織ちゃんにも良かったね。引っ越しする前に、片がついて」

「うん」

夏夫くんと、志織さんの引っ越しは今度の日曜日。

その日は、皆バイトを休んで手伝うんだ。

*

引っ越しの当日。

ここは夏夫くんが生まれたときからずっと住んでいたアパート。

そこから引っ越しするっていうのは、荷物を全部運び出してトラックに積んでいくっていうのは、なんか、ぐっとくるものがあるって夏夫くんが言った。

「わかる」

「うん」

三四郎くんと由希美ちゃんが同時に言う。

そうだった。この二人も、生まれてからずっと住んでいた家から引っ越したんだった。それも、二人ともすごく大きな家から小さなアパートへ、そう言ったら悪いけど、ほとんど没落みたいな感じで。

でも、三四郎くんも由希美ちゃんも品があるというか、そういうのはやっぱり裕福な家庭に育つと身に付くものなんだろうかって今更だけど思ってしまった。

カラオケの部屋で話してるだけじゃなくて、こうやって荷物を片づけたり動かしたりそういうことをしていても、二人の動きはちょっと違う。いろいろと、丁寧って言えばいいのかな。私がガサツなだけかな。

私も引っ越したことはある。お父さんとお母さんが離婚したときに、今のアパートに。

そのときは引っ越し屋さんにほとんど全部頼んだから、自分でたくさんの荷物を整理したり運んだりするのは初めてだ。

「オッケー。じゃあ男子たち、でかいものから運ぶぞー」

「いちばん大きいタンスから？」

「そうしよう」

男子が三人に尾道さん。男の人が四人いれば大抵のものは運べるんだって。

尾道さんと悟くんが凄いんだ。重いものを運んだり動かしたりする手順にすっごく慣れてる。

毛布を敷いてその上にタンスを置いて、毛布を引っ張って滑らせて移動するなんて初めて知った。尾道さんはなんでかわかんないけど、悟くんはやっぱりガソリンスタンドのバイトでいろいろ経験しているからなのかな。

「三四郎はムリするなよ。腰やってるんだろ」

「いや、急に動いたりするんじゃなきゃ大丈夫。ゆっくりなら、重いものは持てますよ」

タンスを運んで、冷蔵庫と洗濯機を運んで、茶簞笥も運んで。後は、私や由希美ちゃんや志織さんでも運べるようなものばかり。でも、一人じゃ危ないものは二人で運んで。尾道さんの指示でまるでパズルをはめ込むようにパネルトラックの中にどんどん運んでいって。

荷物を全部積み込んだら、今度は部屋の掃除。男の人たちは一休みしてもらって、私と由希美ちゃんと志織さんで掃除していく。

向こうの新しいアパートの部屋では、さよりちゃんとなみえちゃんが部屋を掃除して待っている。

私と同じアパート。部屋も、隣同士。

本当に偶然なんだけど、空いていたんだ。三ヶ月ぐらい前に住んでいた若い夫婦が引っ越していた。それで、夏夫くんたちが引っ越すってなったときに言ってみた。うちの隣が空いてるよ！って。

さよりちゃんにも訊いたんだ。志織さんたちが引っ越すんだけど、隣空いてるよって言ってみる？　って。そうしたら、ぜひって。黒川さんのことはあったけれども、それはさよりちゃんと志織さんの仲にはなんの関係もないことだし。

私を通じて繋がったんだし元々縁があった間柄だから、志織さんがよければ、この先隣人としてずっと仲良くやっていきたいって。

それで不動産屋さんに訊いて、夏夫くんと志織さんにも言った。志織さんも、また新しい場所で暮らし始めるのに、隣りに古い知り合いのさよりちゃんがいるっていうのはとても心強い、嬉しいって言ってくれたんだ。

場所もちょうどよくて、家賃も今まで住んでいたところとそんなに変わらない。もちろん高校にも近い。夏夫くんは通学には楽になる。〈カラオケdondon〉にはちょっと遠くなるけど。

トラックは尾道さんが運転して、夏夫くんと悟くんが一緒に乗って。そして志織さんの車に、志織さんと私と由希美ちゃんと三四郎くん。アパートの場所は私が知ってるから、近くなったら道案内するので、私が助手席に乗った。

「どういうふうに言えばいいのかわからないのだけど」

志織さんが、ハンドルを握りながら言った。

「皆さんに、本当に、心の底からお礼を言いたいの。言葉だけで済ませてしまうのは、心苦しいんだけど」

「そんな」

「何でもないです。僕たちが手伝いたくてやってるんで」

「そうです」

誰も言わなくても、最初から決まっていたみたいに皆がそう思っていたんだ。引っ越しを皆で手伝おうって。夏夫くんは、日曜日のバイト代も飛んじゃうし引っ越し屋さんに頼めば済むんだからって言ったけど、いくら保険金が入ったからって節約しなきゃならないんだから。

志織さんが、微笑んだ。

「今日のことだけじゃないわ。坂城くんの家にお世話になったり、三四郎くんがあの人に頼んでくれなかったら、今もどうしていいかわからなかった。とにかく、皆がいなかったらこんなふうに新しい暮らしに進んだりはできなかったと思うの」

本当に、本当にどうお礼をしたらいいのかって。

「何でもないことですから」

三四郎くんが言う。

「ただ、友達のためにできることをしようって思っただけです。それは、仲の良い友達同士だったらあたりまえのことだと思います」

「そうです」

友達が苦しんでいたら助けてあげたい。できることがあるんならしてあげたい。本当に、それはあたりまえのことだ。

三四郎くんが、うん、って頷いた。

「もしも、どうしてもお礼がしたいって思うのなら〈カラオケdondon〉で歌ってください」

「歌う?」

三四郎くんが、笑った。

「僕たちが仲良くなったのは、筧さんが〈バイト・クラブ〉を作ったからです。だから、志織さんも歌いたくなったら〈カラオケdondon〉にたくさん歌いに来てください。筧さんも喜ぶし、それはそのまま夏夫くんのバイト代にもなるんだから一石二鳥です」

志織さんが笑った。

「本当にそうね。筧さんにお歳暮送ったりするより、私の保険のお客さんや友達を連れて歌いに行った方がいいのね」

「いいと思います! 夏夫くん言ってました。母さんは歌が上手いって。中森明菜そっくりだって」

「えー、それはどうかな」

きっと本当に上手いと思うな。志織さん、声きれいだし。

＊

部屋で、さよりちゃんとなみえちゃんが待っているんだったけど、もう一人いてびっくりした。

「六花ちゃん」

「志織さん」

志織さんが、すごくびっくりして喜んで、ちょっと涙ぐんでいた。塚原先生が三四郎くんの担任だってことは、夏夫くんが教えていたからね。私たち全員と知り合いになったのはわかっていたけど。

尾道さんが教えたんだって。そうしたら、自分も手伝いに行くって。

皆で荷物を運んで、ひとつひとつ片づけていって。残してもなんだからってもう全部一から十まで全部片づけるぞって。

お昼ご飯は、さよりちゃんとなみえちゃんが作ったおにぎりと豚汁。

なんだか、ピクニックとかそんな感じもしてきて、本当に楽しかった。この先、もしも誰かが引っ越しをするときには、皆で集まって手伝おうなんて話した。

ゼッタイに引っ越しはあるんだからね。

私たちにはこの先の人生で何回かは間違いなく。

坂城悟　市立一ノ瀬高校三年生
〈アノス波坂ＳＳ〉ガソリンスタンド　アルバイト

雨が降るとガソリンを入れに来るお客さんが増えるっていうのは、ガソリンスタンドで働く人の間ではわりとよくする話なんだ。

どうしてなのかは、まったくわからないけど、確かにうちでもそう。雨が降ると急に忙しくなることが多い。

ちょっと困るんだけどね。窓を拭いてもすぐにびしょ濡れになるんだから拭く意味ないじゃんってなっちゃう。だから、一応訊くんだ。「窓、拭きますか？」って。九割の人が拭かなくていいよって言う。

その代わりといったら変だけど、サイドミラーとドアのウインドウは必ず拭く。雨で見づらくなっているから。いやそれも出たらまたすぐ濡れるんだけど一応は。ヘッドライトやテールライト周りも泥で汚れていることがあるから、きちんとチェックする。

そうやって雨が降ると忙しくなるんだけど、途端に暇になることも多い。とにかくいろいろ極端なんだ雨が降ると。風が強くなると、僕らも濡れちゃうので外で待機しないで事務所に戻る。

「どうだい、お母さん、もう慣れたかい」

事務所に入って、濡れた顔をタオルで拭いていたら、店長が訊いてきた。

うん、って頷く。

「慣れました」

三年生になる一週間前。突然、何の連絡もなしに、いや一応電話はあったんだけど、母さんが家にやってきた。今までも何かあれば帰ってきたりはしていたんだけど、今回は東京の部屋を引き払ってお店も辞めて、荷物ごと引っ越してきてしまったんだ。

一体どうしたんだって思ったけれどね。

「なんだか急に家が賑やかになりました」

店長が笑った。

「杏奈《あんな》ちゃんは子供の頃から明るい元気な子だったからな」

そう、店長はお隣さんだから、うちの母さんが生まれたときから知ってるんだ。母さんが生まれたとき店長は小学校の六年生。小さい頃には遊んであげたこともよくあったって。

突然帰ってきた理由は、夏夫くんの件だった。

夏夫くんはお母さんと一緒に一時うちで匿っていた。

あのときは、一応母さんにも事情を話してできることはしてあげなさいって言われて。今は二人はみちかのアパートに引っ越して、もうすっかり落ちついているんだけど。

母さんは思ったんだって。僕に、母親らしいことは何にもしてやれていない。それはそれで自分の生き方としていたんだけど、この春に高校三年生になる僕は自分の進路を決めてそれに向かっていく時期になる。

今このときこそ、自分の母親としての務めを果たすべきときじゃないかって、急に思って決意したそうなんだ。

実家に戻って一緒に住んで、新しい仕事も探して、僕の進路に不自由がないように毎日働いて稼ぐって。そして、僕が進路を決めて、もう母親の役目をしなくても大丈夫って思ったらまた東京へ戻るって。

何というか、自由だなって思った。そういう人だからってことで分かっているから何も思わないけど、でも、笑ってしまった。

「まぁ応援するために来てくれたんなら、良かったよな」

「はい」

僕が大学へ行こうが専門学校にしようが、とにかくどこでも行けるように稼ぐって、母さんはこっちで就職してしまった。そして、貯金や、持っていたいろんなものを全部売りまくってお金を作った。

それは、僕が専門学校へ通うのには充分過ぎるお金になっていたし、大学へ行ってもたぶん大丈夫なぐらい。

あと、じいちゃんとばあちゃんのことも心配しなくていいって言っていた。帰ってきたからには、自分がちゃんと面倒見るからって。

なんかね、本当に笑っちゃったんだけど。

紺野夏夫　日館大学芸術学部一年生
〈カラオケdondon〉アルバイト

乗り換えはあるけど、電車でまぁ一時間も掛からないで大学に通ってる。早かったら四十分ぐらいだ。

ずっと思っていたけど、埼玉と東京っていうのは、近所なんだ。

もちろん埼玉も東京も広いから、端っこから端っこだったら乗り換え含めて二時間ぐらい掛かっちゃうような場合もあるけど、うちから大学までは一時間ぐらい。

全然、普通に毎日通える。真面目に毎日通ってる。

ただ、〈カラオケdondon〉にはちょっと通いづらくなった。講義で遅くなることもあるしね。

でも、大学生だから閉店までずっとバイトできる。それで、時間的にはトントンかな。

覚さんは、無理しないで大学の近くでバイトを探してもいい。うちよりずっと時給の高いバイトはいくらでもあるんだからって言ったけど、それはちょっと義理を欠くんじゃないかって思う。〈カラオケdondon〉でバイトしたい高校生が見つかったとかならあれだけど、今のところはいないみたいだし。

お金の心配も、多少はなくなったし。元々母さんの給料で最低限の生活はなんとかなっていたし、父親が残してくれた生命保険のお金で、俺の学費も余裕で払えるようになって生活費の心配も当面はなくなった。

後は、俺が大学を卒業してきちんと職に就いて一人で、いやおふくろを助けて生きていけるようになればそれでオッケー。


「そんなふうに言うとあれだけど、お父さんも最後の最後にいいことしたよねって今になって思っちゃうよね」

みちかが言う。まぁそんな感じになっちゃうよな。

「おふくろには言えないけどな」

「言わないでよ！」

「言わないよ」

言わないさ。正直、俺はあの男が死んでもなんとも思わなかった。確かに親父と呼ぶこともないまま会えなくなったのかって少しだけ淋しさみたいなものはあったけど、きっとペットの犬が死んじゃうよりはるかにずっと軽い淋しさみたいなもの。

でも、おふくろには違うんだよな。愛した男が死んだんだもんな。それはもう、俺も素直に受け入れてる。おふくろがこれ以上悲しい思いをしないように、させないように俺が頑張らなきゃなって。

でも、良かったよ。みちかとお隣さんになって。

みちかのお母さんが、うちのおふくろと昔の友人だったからな。なんか、親父を殺したのがまた友人だったたっていう古くさいドラマみたいなことにはなっちゃってたけれど、それはまったく別の話だ。

明るくなったよ、おふくろ。毎日さよりさんたちと会って話せるからかな。俺がバイトでいつもいないからおふくろは一人で晩ご飯食べていたけど、今はさよりさんたちと一緒に食べたりしてるんだ。たまにだけど、俺とみちかも一緒に二家族で食卓を囲んだりしてるし。

由希美ちゃんは、まるでわたしたちみたいになったねって言ってたな。三四郎と由希美ちゃんは生まれたときからずっとお隣さんだったんだもんな。そうやって一緒にご飯食べたり、毎日話したりしていたって。

俺の部屋になった六畳間の窓を開けると、鉄製の柵があってそこに腰掛けられる。煙草吸うときには窓開けてそこで吸ったりしてるんで、すぐ隣のみちかの部屋の窓が開いて、話ができる。

引っ越してきてから、よく話すようになったんだよな。暖かくなってきたら余計に窓開けるようになるし。

〈バイト・クラブ〉にはあんまり顔を出せなくなってる。出してるけど基本的には皆がいる時間はバイト中になったから、本当に十分とか十五分の休憩時間だけ。それも混んできて忙しくなったら後回しになって、そのうち皆も帰っちゃったりするからな。

一応、高校卒業したから俺はOBってことになるんだ。あそこは、生活のためにバイトする高校生のための部屋だから。

「バイト、変える？　決まった？」

「や、まだまだ」

「他にいいところがあれば変えるんでしょ。筧さんもそう言ってたし」

「それは、本当にまだ」

やりたいことが見つかって、そのバイトが自分の将来にとって有効に働くものであればそうしようって思ってるけど。

「大学の先輩でさ、将来はステージ関係の仕事をしたいって、照明会社とかでバイトしてる人がいるんだ」

「しょうめい？」

「ライティング。光の照明」

あぁそれ、って頷く。

「そういうふうに繋がるものがあればな。〈カラオケdondon〉は辞めてそっちにするって話はしてるけど、まだまだ」

「私みたいにだ。調理とかそっちの仕事に進むんならファミレスの厨房はうってつけみたいな」

「そういうこと」

時間ができた。将来を考えるための時間。余裕ができた。

そして、いろんな思いを共有できる仲間もできた。

それは、とんでもなく大きな出来事だったなって思ってる。

菅田三四郎　私立蘭貫学院高校二年生
〈三公バッティングセンター〉アルバイト

みちかさんと悟くんが三年生になって、僕と由希美は二年生になった。何事もなく進級できて、アルバイトもそのまま続けている。

三年生だった夏夫くんは、東京の大学に行った。芸術学部があるところ。学費の心配がなくなったのもあって、自分で決めたんだ。

寛さんが言っていたんだって。俳優を目指してみたらどうかって。

まったく興味はなかったんだけど、そんなふうに言われてみれば、自分はエンターテインメントの世界が好きだったんだなって気がついたって。

音楽も好きだからカラオケのバイトは楽しかったし、人を愉しませるという世界は、自分にはすごく合っているんじゃないかって思ったって。どんな芸術に、どんなエンターテインメントの世界がいいのかは、入ってから決める。

皆が、すごくいい、って思ったんだ。

夏夫くんは、なんていうか華みたいなものがある男なんだ。

お母さん譲りのきれいな容姿はもちろんなんだけど、それ以上に雰囲気としか言い様がないもの。それはもう皆が感じていた。そういうのはエンターテインメントの世界ではとても重要なものじゃないのかって。

〈バイト・クラブ〉は基本的にはアルバイトする高校生のためのものなんだけど、夏夫くんは最初からのメンバーだし、〈カラオケdondon〉のバイトはそのまま続けるので、大学生になっても出入りするって。

もしも〈バイト・クラブ〉に入れそうな知り合いがいたら、もしくは〈カラオケdondon〉でバイトできそうな子がいたらいつでも紹介してって覚さんも言っていた。今のところ、僕の周りにはいないんだけど。

夏夫くんがそういうふうに自分の進路を決めたのもあって、僕たちも将来をはっきりと意識して決めていった。

悟くんは、やっぱり専門学校へ行くことを決めていた。整備士の資格を取って、そのままガソリンスタンドの本社の試験を受ける予定。店長さんの推薦があるから間違いなく受かるだろうけれども、その辺はこれから。

店長さんいわく、ガソリンスタンドだけが自動車関係の仕事じゃない。他にもいろんなものがある。だから、専門学校へ行っている間にその辺のことも考えて決めていく。

お母さんが戻ってきたっていうのが大きかったんだ。でもそれも、夏夫くんのあの件があったからだって。

平凡に思える毎日の中でも、いろんなことが起きていて、そして自分たちの暮らしや考え方を変えていく。そう実感したなって悟くんが言っていた。本当にそう思う。僕と由希美はそれをもう実感しているし。

それと、隣に住んでる店長さんの大学生の娘さん、貴恵さん。昔から悟くんのことを弟みたいに可愛がってくれていたんだけど、付き合うようになりそうだって。みちかさんと由希美が手足バタバタさせて喜んでいた。

よく一緒にご飯を食べに行ったり買い物に付き合ったりしてるって話は聞いていて、それはもう付き合っているんじゃないかって。でもそんな話は二人はまったくしていなかったらしいんだけど、本当についこの間。悟くんが専門学校へ行くって決めたときに、付き合うって思ったんだって。貴恵さんも、そうしたかったんだって。でも年下だし幼馴染みだし言い出せなかったって。

なんかいいよなーって皆で話した。でも、実は僕らはまだ貴恵さんと会ったことはないんだ。たとえば悟くんの合格祝いとかをやろうかって。そのときに会えるのを楽しみにしようって話をした。〈バイト・クラブ〉に顔を出してもらうのはちょっと変だし、今度皆で集まるようなこと。

みちかさんは、高校を卒業したら料理関係の専門学校へ行くって決めた。

そして、調理関係の仕事をする。具体的にどんな仕事をするかはこれから考えるけれども、基本的には製菓関係がいいって。

お菓子を作るのか、あるいは食品関係の会社に入るとか、いろいろな選択肢があるだろうからそれも今のうちから考えていく。

夏夫くんが隣に住むことになって、なんかわくわくしちゃってるって言っていたんだ。僕と由希美の話や、悟くんと貴恵さんとのことを聞いていたから、隣に男の子が住むっていうのはめっちゃドラマだって。

みちかさんと夏夫くんがこれで付き合うようになったらいいねって由希美は言っていたけど、それはどうかなって当の夏夫くんとみちかさんが言っていた。

なんかもう、親友みたいな気持ちになってるって。あるいは戦友。二人ともお互いに好きな人であることは間違いないから、この先どうなるかはわからないけど、付き合って別れてしまうようなことになるのは悲しいから、当面は戦友のままだって。

僕と由希美はどうなんだって言われるけど、どうもなにも、このままだ。僕と由希美は別々の大学へ進んだとしても、就職したとしても、ずっと二人でいるはずだ。それはもう、決めてる。

一年後、僕と由希美が三年生になったら、悟くんとみちかさんも卒業だ。〈バイト・クラブ〉のOBとOGになってしまう。そうなったら、二人だけになってしまうのは、淋しい。メンバーを無理に探す必要もないし、むしろ生活のためにバイトするような高校生はいない方がいいんだって筧さんは言う。それは確かにそう。

でも、もしも皆が高校を卒業して、それぞれの道に進んでここに誰も集まらないようになったとしても、〈カラオケdondon〉がある限りずっとこの部屋はここにある。そして、僕たちはいつここに帰ってきてもいいんだって言ってくれた。

それが〈バイト・クラブ〉だって。

（了）

初出　「婦人公論.jp」 2023年７月～2024年８月
単行本化にあたり、加筆・修正を行いました。

装画　oyasmur
装幀　bookwall

小路幸也

1961年、北海道生まれ。2003年、『空を見上げる古い歌を口ずさむ pulp-town fiction』でメフィスト賞を受賞しデビュー。「東京バンドワゴン」シリーズをはじめ著作多数。ほかの著書に「花咲小路」シリーズ、「すべての神様の十月」シリーズ、「銀の鰊亭」シリーズ、「駐在日記」シリーズなど。魅力的な登場人物と温かな筆致で、読者からの熱い支持を得ている。

バイト・クラブ

2024年11月25日　初版発行

著　者　小《しょう》路《じ》 幸《ゆき》也《や》

発行者　安 部 順 一

発行所　中央公論新社

〒100-8152　東京都千代田区大手町1-7-1
電話　販売 03-5299-1730　編集 03-5299-1740
URL https://www.chuko.co.jp/

ＤＴＰ　嵐下英治
印　刷　大日本印刷
製　本　小泉製本

Published by CHUOKORON-SHINSHA, INC.
Printed in Japan　ISBN978-4-12-005853-0 C0093